河洛話一千零一頁

——一分鐘悅讀河洛話

林仙龍　著

自　序

河洛話是古漢語的一支，已流傳三四千年，範圍自古中原（黃河中下游平原）到閩粵一帶，甚至跨越黑水溝到臺灣，而且早就開枝散葉，遍布世界各華人地區，如今仍普遍見用於閩粵台澎，粗估使用人口超過七千萬人，若將海外華人也加總進來，應有破億之數。

一個古老語言在經歷長期歷史變遷、族群融合、政治現實、音轉語變……等等因素，產生質變量變是極自然的事，世界各種語言都存在此一問題，有些極端例子則在質變量變後質量皆歸為零，於是語言死了，傳承斷了，在地球上徹底消失。

河洛話顯然具有相當強勁的韌性，經歷三四千年，迄今仍屹立存在，不過在「語言國有化」的語言政策衝擊下，河洛話在臺灣被邊緣化已超過一百年，雖現今它仍存在於你我口耳之間，其活力卻已嚴重銳減，不但大家聽說河洛話的能力大不如前，書寫河洛話更是捉襟見肘，難能成事，以是故，諸多有心人士投注心力長期鑽研河洛話相關用字，著書立說，開班授課，結社研究，建立網站，無不是為重建河洛話而努力。

近年來教育部為重建與推廣河洛母語，亦糾集諸多學者專家研擬並建立可行的河洛話用字詞例數百條，公布並推廣，此再再顯示一個事實：想要完成鉅大的河洛母語重建工程，須投注大量人力及漫長歲月，始能竟其全功。

此乃促使我毅然投身母語重建行列的原因，我多年來以河洛話用字為主要探索目標，期願自己能為母語的重建工作奉獻小小心力。

孤峰獨對夕陽紅〈代序〉

——台語文重建路上的先覺者林仙龍

林沈默

一九三〇年八月，先賢黃石輝在《伍人報》第九期發表〈怎樣不提倡鄉土文學〉，揭櫫「你是台灣人，你頭戴台灣天，腳踏台灣地，眼睛所看的是台灣的狀況，耳孔所聽見是台灣的消息，時間所經歷的亦是台灣的經驗，嘴裡所說的亦是台灣的語言，所以你的那支如椽健筆，生花的彩筆，亦應該去寫台灣的文學了。」他力倡「用台灣話做文，用台灣話做詩，用台灣話做小說，用台灣話做歌謠，描寫台灣的事物。」這一聲驚天雷，震聾發聵，劈開台文數百年來的黑暗蟄伏歲月，「我手寫我口」的信念，隨之破土萌芽，並伴隨著一場熾熱的三〇年代鄉土文學論戰的及時雨，讓台文書寫意識得以舒展。

可惜，這美好光景，卻如曇花乍現。二戰之後，隨著國民黨政權接收台灣，宰制全島之後，獨尊統治者的語言，自一九四七年二月廿六日起，推行高壓的國語運動，校園禁講方言，電視、廣播節目並限播台語節目，甫冒出頭的台語文幼苗，遂再受壓抑、扭曲、變形、斷層，「母親的語言」瀕臨失聲滅絕的危機。

八〇年代末的台灣，由於島內解嚴，黨國威權結構逐漸鬆動，一股股被壓抑數十年、潛伏在本土社會底層的民間活力及文化能量，終於接觸到自由的陽光和空氣，以多元的方式釋放。在這股民間力量中，屬於文化層面的，首推台語文學的重建與復興。重建之路中，百廢待舉，台語創作者面臨的第一個課題，就是要克服「有音無字」的困難，這是個建設的基礎工程，若不進行，台語文學則將流於淺碟與空談。因此，尋找台語古漢字或正字，則是充分必要的條件。台語漢字研究，迫切又冷門，而我的摯友林仙龍，卻早以先知先覺的姿態，佇立在這個風雪瀟瀟的孤峰頂上。

林仙龍是個謙遜且默默的文壇獨行俠，左手寫詩、右手做研究，一路走來，始終如一。他自七〇年代就讀師專時期，即悄悄投入河洛話畛域，論述探索，為台語漢字找字、診斷字，畢業後，分發到高雄市教書，除了就近推廣校園的母語教學，更是著書立說，在《國語日報》、《自由時報》等主流媒體開闢台語教育專欄，弘揚河洛話之美，受到讀者熱烈的回響。迄今已忽忽四十年，創作及研究皆成績斐然，台語運動方面，自出版《大家來學閩南語》之後，二〇〇七年「北京官話・台灣漢語對照辭典」轟動面市，而今《河洛話一千零一頁》又將付梓，為時下河洛話（台語漢字）的用字遣詞，釐清訛謬，撥亂反正。

河洛話乃古漢語的一支，有關尋根溯源的事，當然必須從漢典古籍中去探索，方能順藤摸瓜，找到真相。《河洛話一千零一頁》以導正台語用字亂象為宗旨，林仙龍的正字工程，自然也沿著古書舊籍的脈絡追尋，遍讀篇章，筆者發現其正字設定，有「精準化、典雅化、平易化、活潑化」等四大原則，這套「四化」原則，架構了本書的學術肌理與專業精髓。茲舉其犖犖大者，以餉讀者先進：

一、精準化

河洛話有其豐厚的邏輯性與意涵性，因此，字義必須臻於精確合理。例如：

1. 聽而不知所以然，應作「啞仔聽雷」，不作「鴨仔聽雷」。（0005篇）
2. 霸道，應作「惡霸」、「惡暴」，不作「鴨霸」、「鴨豹」、「壓霸（押霸）」。（0006篇）
3. 會發出臭腥氣味的蟒類錦蛇，應作「臭腥蟒」，不作「臭青母」。（0033篇）
4. 突然，應作「遑遑」，不作「雄雄」。（0096篇）
5. 交叉路口，應作「相合通」，不作「三角窗」。（0598篇）

其次，音調必須合乎口語：

6. 不倒翁，應作「翁不倒」，不作「壓不倒」、「押不倒」。（0001篇）
7. 下午，應作「的晡」、「維晡」，不作「下晡」。（0045篇）
8. 斷除菸酒，應作「改薰改酒」，不作「戒薰戒酒」。（0171篇）
9. 廚師，應作「掌剖師」，不作「掌庖師」。（0567篇）
10. 遺失不見，應作「罔去」、「發不見（合讀）」，不作「放棄」、「放其」。（0551篇）

二、典雅化

台語係古老漢語，作為一種偉大、優美的語言，其典雅化背景必然可考。例如：

1. 胡作非為，應作「胡亂妄作」，不作「烏魯木齊」。（0470篇）
2. 腋下，應作「胳下腔」、「胳腋下」，不作「過耳空」。（204篇）
3. 眼淚，應作「目水」，不作「目屎」。（0584篇）
4. 找不到門路，應作「抄無寮仔門」，不作「抄無貓仔毛」。（0388篇）
5. 胡說八道，應作「胡亂說道」，不作「烏龍旋桌」。（0471篇）
6. 喻人落魄潦倒，應作「拖使然」，不作「拖屎連」。（0585篇）
7. 祖先留下的產業，應作「祖公仔產」，不作「祖公仔屎」。（0587篇）
8. 打雷，應作「霆雷光」，不作「陳雷公」。（0690篇）
9. 內外勾結以圖不當利益，應作「內臣通外宄」，不作「內神通外鬼」。（0636篇）
10. 受薪勞工，應作「臣奴」、「薪勞」，不作「辛勞」、「身勞」。（0637篇）

三、平易化

河洛話因年代久遠，往往因太古老而難覓本字，但有些字往往近在眼前，通俗平易，吾人卻不知。例如：

1. 河洛話m̄，應作「不」，不作「吥」。（0432篇）
2. 河洛話說「口水」為nuā，應作「涎」，不作「瀾」、「唾」。（0462篇）
3. 曾經，可作「曾pat」，因「曾」的首二筆即寫做「八pat」（0486篇）
4. 「緊」可讀ân，因「緊」从糸臤ân聲。（0009篇）
5. 「寬」可讀līng，因「寬」从宀莧hīng聲（發生於隸書時期）。（0398篇）
6. 俗說「須要」為ài，應作「要」，不作「愛」，因「要」从襾à聲。（0007篇）
7. 樹枝可作「樹錦」，花團錦簇的「錦gím」即指樹枝。（0064篇）
8. 嗅聞達人，應作「好鼻師」，不作「虎鼻師」。（0114篇）
9. 施肥的「施」可讀iā，因「施」以「也iā」為聲。（0134篇）
10. 譏人無用俗說「一世人撿角」，「撿角」應作「可去」，「去」可讀入聲kak，從盍、闔、刦、怯、呿、抾、鮌、蓋、抾、劫、却……等皆讀入聲即可證。（0175篇）

四、活潑化

河洛話用字極為精密、活潑，使用不同的同音字，往往產生不同的理趣，這使得語言呈現一種精實而又機靈的況味。例如：

1. 「天烏烏」指天色灰暗，「天汙汙」指天空混濁不清，「天霒霒」指天色昏暗，即將下雨。（0472篇）
2. 「攏好勢矣」指一切妥當了，「攏否勢矣」指一切都完了。（0104篇）
3. 「氣活」指生理上的舒服，「快活」指心理上的舒服。（0342篇）
4. 「桌腳」指桌子的腳，「桌下」指桌子的下面。（0281篇）
5. 「一暫」指一段時間，「一站」指一段空間。（0361篇）
6. 「交冷恂」指冷與戰的交互現象，「交懍恂」指懼與戰的交互現象。（0431篇）
7. 「扡開」指用手解開，「貯開」指睜開眼睛。（0807篇）
8. 「硬插」指強硬插進，「硬扎」指身體硬朗，「硬攙」指強將攙扶。（0914篇）
9. 「車畚箕」指載畚箕，「蚩畚箕」指戲玩畚箕，「奓畚箕」指推畚箕。（0937篇）
10. 「撞落去」指打下去，「濺落去」指灑下去，「饌落去」指吃下去（「撞」、「濺」、「饌」三字口語皆讀tshā^{n}）。（0920篇）

從以上例證之中，可知時下流行的台語，病症到底有多麼嚴重？

這就好比一個從不與醫院打交道的人，一朝為了重感冒住院，在進行驗血、驗尿、超音波、X光等「例行性檢查」過程之後，赫然發現渾身是病，竟罹患了糖尿病、高血壓、腎病、心臟病或肺癌等等大小疑難雜症，那般的驚恐，那般的不可置信。因此，林仙龍新作《河洛話一千零一頁》，堪稱是一間擁有最新檢查設備、診療科技與一流名醫駐診的大型「台語教學醫院」，它讓一些扭曲的、怠惰的、以訛傳訛、以紫亂朱的台語錯謬字，都現出了病態的原形，並立刻開立了診治的箋方，對症下藥。

不過，冰凍三尺，非一日之寒。台文早已病入膏肓，重建推展運動，牽一髮動全身，舉凡用字標準化、創作文本建立、文化重塑、教學推廣……等等面向，工程複雜、經緯萬端，都有賴一個善意的、主動的政府母語政策來協助啟動，實非一人（或一個小世代）之力，所能輕易解套或診治。以用字標準化來說，雖然台灣社會角落裡，不乏皓首窮經，廢寢忘食的學者，為台語的正字工程竭盡心力，但他們找到的畢竟仍是台語的「現成字」——舊的疑難雜症罷了。對於面向國際化、現代化所累積的台語「新的外來詞」的命名問題，卻是無補於事。信手拈來，如：臉書、谷歌、微軟、滑鼠、搜尋引擎、部落格、視窗、下載、網購、附加檔、儲存、開心農場、外遇、劈腿、微波爐、液晶電視、磁浮列車、減碳運動、優氧化、有氧運動，以及化學元素、新產品、政經、文化、體育、社會現象……等等，實在不勝枚舉，這些華語的外來新辭彙，台語的對照組究竟在哪裡？

淺見以為，台語用字的根本解決之道，不能只針對固定性的「過去式」，也必須面對其「現在進行式」或「未來式」流動性的本質，因為，外來或華語新詞造成的「台語無字」現象，如

河流泥沙的堆積一般，一層鋪蓋一層，舊的（古漢字）還沒清理好，新的泥沙（陌生語彙）又是厚厚一層了。這些外來詞或現代華語詞的出現，嚴重考驗到台語的現代性與永續性，若是不認真的面對，將抵消吾輩對於台語古字追尋的成果，讓台語主體性蕩然，徹底邊緣化與老朽化，最終還是讓人「講不出口」。筆者深深的期盼，林仙龍在追尋河洛古漢字復原的同時，也能雙管齊下，為台語的「新詞」強說愁，以他的深厚才學，投入台語的「新時代辭彙」的行列，否則，身為摩登的台語使用者，難保十年後，必須陷入「三句台語、七句華語」的可笑又可悲的窘境。

林仙龍天生是做學問的料，是台語文運動的先覺者。他的才學，令人敬佩。他的執著，令人折服。在此，我也想偷偷的祈禱，寄望他的後半生，還有一本名為《現代河洛話一千零一頁》的巨著再問世。

（本文作者為台語詩人，著有《林沈默台語詩選》、《沈默之聲》及《念故鄉——台灣地方念謠》、《月啊月芎蕉》等台語詩集）

本書所使用音標（台羅音標）與其他音標對照表

本書音標	華語音標	羅馬音標	通用音標	國際音標	備註
聲母					
p	ㄅ	p	b	p	
ph	ㄆ	ph	p	p’	
m	ㄇ	m	m	m	
b	ㄅ’	b		b	
t	ㄉ	t	d	t	
th	ㄊ	th	t	t’	
n	ㄋ	n	n	n	
l	ㄌ	l	l	l	
k	ㄍ	k	g	k	
kh	ㄎ	kh	k	k’	
h	ㄏ	h	h	h	
g	ㄍ’	g	g	g	
ng	ㄫ	ng	ng		
ts、tsi	ㄗ、ㄐ	ch、chi	z	ts	
tsh、tshi	ㄘ、ㄑ	chh、chhi	c	ts’	
s、si	ㄙ、ㄒ	s、si	s	s	
j	ㄗ’（ㄐ’） （ㄖ不捲舌）	j	j	dz	

本書音標	華語音標	羅馬音標	通用音標	國際音標	備註
韻母					
a	ㄚ	a	a	a	
i	ㄧ	i	i	i	
u	ㄨ	u	u	u	
e	ㄝ	e	e	e	
o	ㄜ	o	e	o	
ơ	ㄛ	ơ	o		
ai	ㄞ	ai	ai	ai	
au	ㄠ	au	ao	au	
an	ㄢ	an	an	an	
-n	ㄣ	-n	en		
-m		-m	-m		
ang	ㄤ	ang	ang		
ong	ㄛㄥ	ong	ong		
ing	ㄧㄥ	eng	eng		
-ng	ㄥ	-ng	-ng		
ua	ㄨㄚ	oa	ua	ua	
ue	ㄨㄝ	oe	ue	ue	
uai	ㄨㄞ	oai	uai	uai	
uan	ㄨㄢ	oan	uan	uan	
ah	ㄚㄏ	ah	ah		入聲
ap	ㄚㄅ	ap	ap		入聲
at	ㄚㄉ	at	at		入聲
ik	ㄧㄍ	ek	ik	ik	入聲
a^n	ㄚ（鼻音）	a^n	ann		鼻音

本書標調方式

	第一調	第二調	第三調	第四調	第五調	第七調	第八調
標調 （例字）	e （萵）	é （矮）	è （穢）	eh （厄）	ê （鞋）	ē （下）	e̍h （抝）

目次

h（ㄏ）

i (一)

j（ㄐ'）

k（ㄍ）

a
a
a
(Y)

壓不倒、押不倒【翁不倒】

「不倒翁」是一種小孩玩具，形狀像老翁，上輕下重，按倒後能自起，其命名重點有二，一為「不倒」，屬玩具功能特性，一為「翁」，屬玩具外觀形狀。

「不倒翁」俗又稱扳不倒、搬不倒、跋弗倒，動詞冠於詞前，命名方式與「不倒翁」不同，重點還是有兩個，一為動作「扳」、「搬」、「跋」，一為「不倒【或「弗倒」】」，已失去對玩具外觀形狀的描述。

河洛話稱不倒翁為「押不倒【亦作「壓不倒」】」，命名方式與扳不倒、搬不倒、跋弗倒相同，但首字「押ap（ㄚㄅ4）」的口語音並未因置前而變八調，而是仍讀「押」的本調【即四調】，這和「對不起」、「抱不平」、「三不孝」……等含「不」的語詞，首字皆變調的語音現象有出入。

其實河洛話是將「不倒翁」倒過來說，說成「翁不倒」，重點仍然一是「翁」，一是「不倒」，涵蓋玩具的外形【翁】與特性【不倒】，讀做ang-put-tó（ㄤ1-ㄅㄨㄉ4-ㄉㄜ2），口語音ang（ㄤ1）說成a（ㄚ1），置前變七調。

0002 仔【子】

現今有些人認為「帽子」、「鞋子」為北京話語詞，「帽仔」、「鞋仔」才是河洛話語詞，甚至若不如此，則不足以彰顯河洛話有別於北京話。

其實，「子」的口語音可讀如「仔á（ㄚ2）」，也是河洛話語詞。

孟子・離婁上：「存乎人者，莫良於眸子，眸子不能掩其惡」，荀子・非相：「堯舜參牟子」，以上「子」就讀做á（ㄚ2）。

通俗編・語辭：「子，俗呼服器之屬，多以子字為助，其來已久。舊唐書：裴冕自創巾子，其狀新奇。中華古今注：始皇元年，詔近侍宮人，皆服衫子，三妃九嬪，當暑戴芙蓉冠子，手把雲母扇子，又有釵子、帽子、鞋子等稱，多未嘗辨其物之大小而概呼之也。湘山野錄：吳越王歌云【河洛話屬古越漢語】：別是一般滋味子，永在我儂心子裡」，以上「子」字都可讀做á（ㄚ2）。

又如孔子門生子貢、子路、子夏的「子」，口語亦皆讀a（ㄚ）音，相當於今語「阿」。

可見「子á（ㄚ2）」由來甚古，也是一個古老的河洛話用字。

0003 安怎【何若、何乃】

河洛話「安怎án-tsuá^{n}（ㄢ2-ㄗㄨㄚ2鼻音）」即北京話「如何」、「怎樣」。

「安」、「怎」意思都是「如何」，「安怎」可視為同義複詞，作如何義，只是「安an（ㄢ1）」不讀二調，與口語音不合。

「如何」古說「何若」、「何乃」，其實「安怎」本應作「何若」、「何乃」。

史記．蘇秦傳：「得此三人者以事大王，何若，王曰：足矣」，資治通鑑．漢紀：「僕欲北伐燕，東伐齊，何若而有功」，史記．陸賈傳：「譬若漢一郡，何乃比於漢」，以上「何若」、「何乃」意思就是「如何」。

「何」俗多文讀hô（ㄏㄜ5），古語卻讀á（ㄚ2），如「何不食肉糜」、「何不秉燭遊」、「汝何不早言」、「何物老嫗，生寧馨兒」、「何彼襛也」，「何」都白讀á（ㄚ2）。**【廣韻注「何」胡可切，就讀二調】**

「何若」、「何乃」讀á-ná（ㄚ2-ㄋㄚ2），歷經長期語變，變成án-ná（ㄢ2-ㄋㄚ2）、án-nuá（ㄢ2-ㄋㄨㄚ2）、án-tsuá^{n}（ㄢ2-ㄗㄨㄚ2鼻音），被寫做「安怎」。

0004 阿堵【唯獨、何獨】

河洛話「阿堵」，就是北京話說的「這箇」，河洛話讀「阿堵」為á-tō（ㄚ2-ㄉㄜ7），這是大家常掛在嘴邊的一個語氣詞。

á-tō（ㄚ2-ㄉㄜ7）等同今人說的「而就……」，或「而……就……」，等同古典寫的「唯獨……」，或「唯……獨……」，或「何獨……」，或「何……獨……」，例如「而就我無」、「而我就無」、「唯獨我無」、「唯我獨無」、「何獨我無」、「何我獨無」，「獨to̍k（ㄉㄛㄍ8）」置前變三調，與「就tō（ㄉㄜ7）」置前變三調音一樣，「阿堵」、「唯獨」、「何獨」的河洛話音義相同。語言文字在不同年代展現不同面貌，這就是例子。

晉書・王衍傳：「妻郭氏聚斂無厭，衍疾郭之貪鄙，故口未嘗言錢，郭欲試之，令婢以錢繞床，使不得行，衍晨起見錢曰：舉阿堵物卻」，戰國策・燕策：「齊城之天下者，唯獨莒、即墨」，元稹論諫職表：「其所謂舉諫職者，唯獨誥令有不便，除授有不當，則奏一封執一見而已」，明李東陽詩：「人家何獨無此堂，豈有喬木參天長」；以上「阿堵」、「唯獨」、「何獨」皆可作語氣詞，讀做á-tō（ㄚ2-ㄉㄜ7）。

鴨仔聽雷【啞仔聽雷】

當雞同鴨講，鴨聽不懂雞說什麼，這是眾所周知的現象，但表示「聽不懂」，河洛話不說「鴨仔聽雞」，卻說「鴨仔聽雷」，實在奇怪。

河洛話「鴨仔聽雷ah-á-thia^{n}-lûi（ㄚㄏ4-ㄚ2-ㄊㄧㄚ1鼻音-ㄌㄨㄧ5）」意思就是「聽不懂」，難道只鴨聽不懂雷，雞鵝貓狗就聽得懂雷？顯然並非如此，因為不但雞鴨鵝貓狗豬聽不懂雷，連人也是聽不懂雷在說什麼。

河洛話「鴨仔聽雷」寫法是有問題的，不是「鴨仔」出問題，便是「雷」出問題。

「鴨仔聽雷」應該寫成「啞仔聽雷」，「啞仔á-á（ㄚ2-ㄚ2）」即啞巴，暗指聽障者，因為啞巴不會說話，往往是聽障造成的。所以「啞仔聽雷」等於「聾者聽雷」，雖然雷聲轟隆，聾者卻聽不到雷聲，這種現象河洛話又說「聽無thia^{n}-bô（ㄊㄧㄚ1鼻音-ㄅ'ㄜ5）」，意思是聽不到或聽不懂。

聽流行音樂也好，聽外國人說話也好，聽不懂時，可不要再寫「鴨仔聽雷」了，應該寫做「啞仔聽雷」才是正確寫法。

0006 壓霸【惡霸、惡暴】

俗有戲言：「刺青者胸前刺鴨，背後刺豹，堪稱最可怕的人物」，因為前「鴨」後「豹」即稱「鴨豹ah-pà（ㄚㄏ4-ㄅㄚ3）」，最為凶悍霸道。

河洛話確有「鴨豹」的說法，指凶悍霸道之行事作為，作狀詞，不過不寫做「鴨豹」，俗一般多作「鴨霸」，但明顯不通；也有作「押霸」，「押」字也欠妥當。

教育部公布的三百詞寫「壓霸」，音通，「壓」字卻不妥，因「壓」是標準動詞字，雖說文：「壓，壞也」，作狀詞，但用例極少，實際上「壓」多作動詞，如壓制、壓迫，「壓霸」意思變成壓制橫霸，與原義剛好相反。

ah-pà（ㄚㄏ4-ㄅㄚ3）宜作「惡霸（或惡暴）」，「惡」、「霸」兩字可名詞，可狀詞，「惡霸」一詞也是，作名詞時讀ok-pà（ㄛㄍ4-ㄅㄚ3），如他是地方惡霸；作狀詞時讀à-pà（ㄚ3-ㄅㄚ3），如他做人誠惡霸。

「惡」从心亞聲，可讀如「亞à（ㄚ3）」。【按「亞」的口語音具鼻音，讀à[n]（ㄚ3鼻音），作「俯」義，如亞腰（即彎腰向下）】

愛去台北【要去台北】

教育部推薦河洛話用字第四字：「愛ài（ㄞ3），對應華語喜歡、想要、愛」，這樣的推薦用字是有問題的，因為「愛去台北」，是「喜歡去台北」，沒有「需要去台北」的意思。

「要」字甲文闕，金文作卣聲【林義光說】，讀iu（一ㄨ）的音。小篆从以臼交省聲，集韻注「伊消切」，讀iau（一ㄠ1），如要求、要功；孔廣居以為从女票省聲，集韻注「一笑切」，讀iàu（一ㄠ3），如重要、要人。

可見在金文及小篆時期，「要」讀iau（一ㄠ）音【此時並不寫做「要」的字形】，但到了隸書時期，字形變了，寫成「要」【即今字形】，筆者以為新字形極可能因此產生新字音，流傳於口耳之間，但韻書沒有紀錄，這新字音應由「要，从襾女，襾亦聲」而來，而讀如襾à（ㄚ3），口語音後來轉成ài（ㄞ3）。

「要」不宜限讀iau（一ㄠ）音，而硬將作「想、欲、打算、須、需要」等解釋的「要ài（ㄞ3）」寫成「愛」。

0008 愛去台北2【要去台北】

「要」讀做ài（ㄞ3），乃筆者的推測【見0007篇】，主因是金文、小篆讀iau（ㄧㄠ）音，但那時並非寫成「要」的字形，直到隸書時期才寫做「要」的字形，故推測「要」可能以「襾à（ㄚ3）」為口語新音，後來音轉讀做ài（ㄞ3）。

雖說此純屬推測，但確有其可靠處，以下即是佐證。

海上花列傳例言：「勿要二字，蘇人每急呼之併為一音，故將勿要二字併為一格，乃合二字為一音讀也」，說的就是「嫑」字，即吳語的「不要」之意。

蔣瑞藻小說考證：「嫑嬒之類，皆有音無字，故以拼音之法成之，在六書為會意，而兼諧聲」。

「嫑」俗讀mài（ㄇㄞ3），如你嫑講話、食飯嫑出聲，而「嫑mài（ㄇㄞ3）」正是「勿要m̄-ài（ㄇ7-ㄞ3）」的合讀音，可見「要」確實讀做ài（ㄞ3）。

ài（ㄞ3）至少有「要」、「愛」兩種寫法和意義，「他要去台北爭取訂單」與「他愛去台北買物件」前五字音同義異，前者是「需要」，後者是「喜愛」，不可混淆。

弦張【緊張】

說文：「緊，纏絲急也」，意思是絲線纏繞得很急迫。

河洛話「緊kín（ㄍㄧㄣ2）」作緊急、快速義，如緊事寬辦、車騎誠緊，讀音則源於廣韻：「緊，居忍切，音謹kín（ㄍㄧㄣ2）」。

北京話「緊」，意思仍是絲線纏繞急迫，如束緊、綁緊，換成河洛話則說成ân（ㄢ5），臺灣漢語辭典作「絧」、「緪」、「繯」、「弦」、「㥵」、「限」，高階標準臺語字典作「完」。

ân（ㄢ5）其實可直接寫做「緊【或「臤」】」，因「緊」从糸臤，臤亦聲，可讀如「臤」，廣韻：「臤，胡田切」，讀hiân（ㄏㄧㄢ5）、hân（ㄏㄢ5）、ân（ㄢ5），說文：「臤，堅也」，段注：「謂握之固也」，正所謂「拳頭持臤臤【「持」讀tī^{n}（ㄉㄧ7鼻音）】」。

故「緊」有二讀，可讀kín（ㄍㄧㄣ2）和ân（ㄢ5）。「緊張」亦有二讀，讀kín-tiu^{n}（ㄍㄧㄣ2-ㄉㄧㄨ1鼻音）即急迫【指事態或心態】，讀ân-tan（ㄢ5-ㄉㄢ1）亦為急迫【專指綑綁狀態】。【前述北京話「束緊」、「綁緊」，河洛話寫做「束緊」、「縛緊」，「緊」讀ân（ㄢ5）】

0010 完當當、亮戽戽【緊張張、寬放放】

河洛話說「緊繃」為ân（ㄢ5），「寬鬆」為līng（ㄌㄧㄥ7），但寫法紛歧。

高階標準臺語字典：「完ân（ㄢ5），綑束定當，不再鬆散脫出，故綑得結實曰『完當當ân-tòng-tòng（ㄢ5-ㄉㄛㄥ3-ㄉㄛㄥ3）』，其反語作『亮【或作「量」】戽戽līng-hò͘-hò͘（ㄌㄧㄥ7-ㄏㄛ3-ㄏㄛ3）』，『亮』有高曠、敞開義，引申『寬鬆』，『戽』乃挹水器，引申『量盛』，『亮戽戽』即極寬鬆」。

按ân（ㄢ5）可作「緊【見0009篇】，līng（ㄌㄧㄥ7）可作「寬【見0398篇】」，「很緊」可作「緊張張【「張」白讀tan（ㄉㄢ1）】」，「很鬆」可作「寬放放【「放」白讀hò͘（ㄏㄛ3）】」，「緊」對「寬」，「張」對「放」，形成嚴謹的對仗。

因「張」具張大義，正字通：「張，與脹tiòng（ㄉㄧㄛㄥ3）通」，故前述「緊張張」俗亦讀ân-tòng-tòng（ㄢ5-ㄉㄛㄥ3-ㄉㄛㄥ3）。

三國志・魏志・崔琰傳：「袁族富彊，公子寬放，盤游滋侈，義聲不聞」，「寬放」即寬鬆，「寬放放」即很寬鬆，「放hòng（ㄏㄛㄥ3）」音轉hò͘（ㄏㄛ3）。

0011 翁仔、俑仔、偶仔【尪仔】

「尪仔ang-á（ㄤ1-ㄚ2）」泛指偶人或各類偶像，不過各家亦作：翁、俑、偶。

「翁ang（ㄤ1）」本指鳥頸毛，後引申最尊者，指祖、父、夫、夫父、妻父、帝王、老者、長者…………等雄性人物，借作「偶像」似不妥，然卻有用例，如「翁不倒【北京話作「不倒翁」】」即為玩具，然偶像多有非雄性角色者，皆以「翁」名，似不妥。

「俑ióng（ㄧㄛㄥ2）」即偶人，專作陪葬用，調不合，不過廣韻注「俑」音thang（ㄊㄤ1），可轉ang1（ㄤ1），故音義勉強可行。

「偶ngó͘（ㄫㄛ2）」亦為偶人，不限用途，史記殷紀：「為偶人謂之天神」，漢書江充傳：「充將胡巫，掘地求偶人」，可見「偶」即「偶像」，但字調不合。

「尪ang（ㄤ1）」本指曲脛之人，左氏僖二十一：「夏大旱，公欲焚巫尪」，注：「巫尪，女巫也，主祈禱請雨者」，古代傴巫跛尪者皆廢疾，卻通鬼神，後人以木、石、土……等製其像，稱為「尪仔」，流傳演變的結果，面相極廣，如佛祖尪仔、土尪仔、柴尪仔、傀儡尪仔、布袋戲尪仔。

0012 紅姨【尪醫】

「女巫」在臺灣民間早就有了，河洛話稱「紅姨âng-î（ㄤ5-ㄧ5）」。

或因「紅色」素為女性喜愛，「姨」為女性稱謂，故有以為女巫作「紅姨」屬合理寫法，其實不然。

左氏僖二十一：「夏大旱，公欲焚巫尪【春秋時代魯僖公怪罪女巫祈雨失敗，打算殺死女巫，因僖公以為女巫跛腳仰臉，老天怕雨水灌入女巫鼻孔，故不下雨，結果天下鬧旱災）】」，注：「巫尪，女巫也，主祈禱請雨者」，可見「尪ang（ㄤ1）」即女巫，是「尪」不是「紅」，「尪」一調，「紅」五調，置前皆變七調，口語音相同。

而尪姨的「姨」字，寫法亦欠妥，雖「姨」為女性稱謂，但女巫卻與「姨」無關，何況「尪」字已具「女巫」的意思。

古代不管女巫或男覡，皆專事鬼神禱解及治病請福，有如醫生，山海經海內西經：「開明東有巫彭、巫抵、巫陽、巫履」，注：「皆神醫也」，「尪姨」應作「尪毉」，廣韻：「毉，於其切」，可讀î（ㄧ5），集韻：「醫，說文，治病工也，或从巫」。

尪架桌【紅檜桌】

舊時老式三合屋大廳正中用來擺放神像、祖宗牌位、香爐、燭台的高腳桌，北京話稱「供桌」，河洛話稱âng-kè-toh（ㄤ5-ㄍㄝ3-ㄉㄜㄏ4）。

我曾請教一位前輩，âng-kè-toh（ㄤ5-ㄍㄝ3-ㄉㄜㄏ4）要怎麼寫，他說：「那是供奉偶像用的桌子，可以寫做『尪架桌』」，後來我看到台灣話大詞典【遠流版】也作「尪架桌」，可謂英雄所見相同。

只是我一直覺得「尪架桌」寫法有些拗彆，一直尋思更佳寫法。後來讀到「米袋」、「紙袋」時，忽然靈光一現，終於有了答案。

米袋和紙袋是稀鬆平常的兩種袋子，前者以功能命名【裝米用的袋子】，後者以材質命名【紙製的袋子】，它和酒杯、玻璃杯的命名道理一樣。

同理，「尪架桌」是以功能命名，若換成以材質命名呢？不就成了「紅檜桌」。

「紅檜桌」一詞，通俗、簡明、流暢，從桌子的質料來作命名依據，它應該就是「供桌」的河洛話正寫了。

0014 襾腰【亞腰】

「襾」是個部首字，說文：「襾，覆也」，意指往下覆蓋，或因此，有將「哈腰」寫做「襾腰à^{n}-io（ㄚ3鼻音-一ㄜ1）」，謂腰由上往下，可惜「襾」做此用途的詞例未曾見過。

「哈腰」宜作「亞腰」，詩詞曲語辭典：「亞，有縱橫二方面之二義，自其縱者而言，猶低也，俯也」，如杜甫戲題王宰畫山水圖歌：「舟人漁子入浦漵，山木盡亞洪濤風」，杜甫入宅詩：「花亞欲移竹，鳥窺新捲簾」，杜甫詩：「鬢毛垂領白，花蘂亞枝紅」，元稹望雲雅馬歌：「亞身受取白玉羈，開口銜將紫金勒」，柳永拋球樂詞：「弱柳困，宮腰低亞」，韓愈詩：「蕭瀟野竹風吹亞」，杜審言詩：「葉疏荷已晚，花亞果新肥」。以上有關「亞」的詞例甚多，皆作「低俯」義，廣韻：「亞，衣嫁切」，讀à（ㄚ3），口語多帶鼻音讀à^{n}（ㄚ3鼻音），如亞頭、身軀亞亞。

漢字語源辭典：「加藤常賢謂：亞，係指背部微駝之氏族」，所謂「背部微駝」，不正是「身軀亞亞」？也算是「亞」讀à^{n}（ㄚ3鼻音），作低、俯義的證據之一。

0015 烏黝、烏黯、烏黤、烏泑【烏夭】

俗以因拗折、病害、缺水或其他因素，造成植物脫水半蔫，甚至葉色變黑，河洛話稱為o̍-áu（ㄛ1-ㄠ2）。

o̍-áu（ㄛ1-ㄠ2）有作「烏黝」，爾雅釋器：「黑謂之黝iú（一ㄨ2）」；有作「烏黯」，說文：「黯ám（ㄚㄇ2），深黑色」；有作「烏黤」，說文：「黤ám（ㄚㄇ2），青黑色」；有作「烏泑」，說文通訓定聲：「泑iú（一ㄨ2）」，水黑色也」。按，烏即黑，故「烏黝」、「烏黯」、「烏黤」、「烏泑」皆屬同義複詞，作「黑」解，音合，但義欠周衍，因為僅說出植物「葉色變黑」，至於「脫水半蔫」則毫無著墨。

o̍-áu（ㄛ1-ㄠ2）宜作「烏夭」，正韻：「夭，伊烏切」，讀iáu（一ㄠ2），可轉áu（ㄠ2），如夭屈、夭殺、夭遏、夭傷、夭橫。按「夭」有夭折、摧折義，作摧折義時，與拗同。

「烏夭」即植物葉色變黑而成早夭之狀，正是河洛話o̍-áu（ㄛ1-ㄠ2）最完整、最詳細的詮釋。

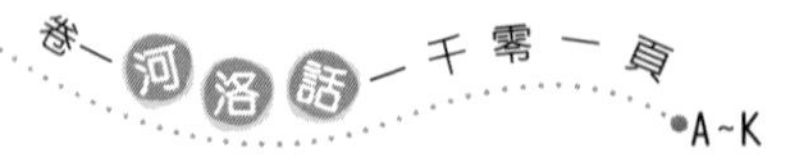

0016 奧步【惡步】

時下因選風敗壞，每到選舉，「奧步àu-pō͘（ㄠ3-ㄅㄛ7）」滿天飛，「奧步」指的是下三濫的惡劣招式。

「步」本作行走，後亦作步伐，引伸義極多，卻偏偏不作「方法」義，俗說方法、招式為「pō͘（ㄅㄛ7）」，臺灣漢語辭典便不作「步」，而作「法」。

不過「步」卻確實有作方法、招式的用例，南史孫廉傳：「刺鼻不知嚏，蹋面不知瞋，嚙齒作步數，持此得勝人」，「步數」即方法、招式，與河洛話說法一樣，河洛話甚至將「步」當成「步數」的略語。

說文通訓定聲：「奧，假借為溷」，作汙濁解，則「奧步」即骯髒的方法。

àu-pō͘（ㄠ3-ㄅㄛ7）亦可作「惡步」，「惡」从心亞聲，可讀如亞à（ㄚ3），音轉àu（ㄠ3），如面惡面臭、舊惡舊臭、惡面、惡人、惡色、惡屎味，平易簡明，音義俱合，而面奧面臭、舊奧舊臭、奧面、奧人、奧色、奧屎味的「奧」須假借為「溷」始能成義，故用「惡」字似比「奧」字為佳。

b
b
b
(ㄅ')

0017 妙微、微末【微微】

河洛話「笑微微」就口語上，「微」有四種語音，即bi（ㄅ'ㄧ1）、bui（ㄅ'ㄨㄧ1）、bun（ㄅ'ㄨㄣ1）、ba（ㄅ'ㄚ1），這是語言衍生分化的一種現象。

俗說「微笑」為ba-bun-tshiò（ㄅ'ㄚ1-ㄅ'ㄨㄣ1-ㄑㄧㄜ3），有寫做「妙微笑」；俗說「微甜」為ba-bun-tiⁿ（ㄅ'ㄚ1-ㄅ'ㄨㄣ1-ㄉㄧ1鼻音），有寫做「微末甜」。同樣是ba-bun（ㄅ'ㄚ1-ㄅ'ㄨㄣ1），卻分作「妙微」、「微末」，似乎應一致才好。

ba-bun（ㄅ'ㄚ1-ㄅ'ㄨㄣ1）宜作「微微」，這是疊詞二字二讀的現象，日常口語十分常見，如「懶懶lám-nuā（ㄌㄚㄇ2-ㄋㄨㄚ7）」、「勸勸khuàn-khǹg（ㄎㄨㄢ3-ㄎㄥ3）」、「拈拈ni-liam（ㄋㄧ1-ㄌㄧㄚㄇ1）」，「蓋蓋khàm-kuà（ㄎㄚㄇ3-ㄍㄨㄚ3）」、「咼咼【亦作歪咼】uai-ko（ㄨㄞ1-ㄍㄜ1）」、「事事tāi-tsì（ㄉㄞ7-ㄐㄧ3）」、「臭臭tshàu-hiàn（ㄘㄠ3-ㄏㄧㄢ3）」。

ba-bun（ㄅ'ㄚ1-ㄅ'ㄨㄣ1）宜作「微微」，如「微微笑」、「微微甜」，甚至「微微燒【微溫】」，只是俗將ba-bun（ㄅ'ㄚ1-ㄅ'ㄨㄣ1）轉成la-lun（ㄌㄚ1-ㄌㄨㄣ1）。

0018 貓【婆】

俗稱管家婆為「管家貓kuán-ke-bâ（ㄍㄨㄢ2-ㄍㄝ1-ㄅ'ㄚ5）」，是說管家婆像管家貓，說「家內無貓，老鼠會蹺腳」，「貓」在此讀bâ（ㄅ'ㄚ5），如台中地名「貓霧捒」、俗罵妓女為「破貓」、包公案「狸貓換太子」等，「貓」都讀bâ（ㄅ'ㄚ5）。

「貓」確實可讀bâ（ㄅ'ㄚ5），但「管家貓」不代表管家婆，在一個家庭裡頭，貓頂多捉捉老鼠，哪能管家？

其實管家婆的「婆」就可讀bâ（ㄅ'ㄚ5），中文大辭典：「婆，佛家語，為梵語Ba之音譯，乃悉曇五十字門之一」，Ba不正讀ba（ㄅ'ㄚ）音嗎？配合「婆」為五調字，「婆」當然可讀bâ（ㄅ'ㄚ5）。

何況「晚娘」世人素稱「後母支」、「後母婆」，陸游家世舊聞：「先世以來，庶母【即後母】皆稱支婆」，「支婆」俗即讀做tsi-bâ（ㄐㄧ1-ㄅ'ㄚ5）。

至於罵妓女為「破貓」，宜作「潑媌」，詩詞曲語辭典：「潑，詈辭，惡劣之義」，正字通：「今閩人謂妓為媌」，「潑媌」即惡劣的妓女。

0019 抹喪【問喪】

弔問喪家並致贈賻儀，河洛話稱bāi-song（ㄅ'ㄞ7-ㄙㄛㄥ1），俗有作「抹喪」，以為集韻：「抹，摸也，音昧bāi（ㄅ'ㄞ7）」，由「摸觸」引伸「探問」義，所以「抹病」即探病，「看抹」即看看，「抹喪」即問喪，但這純為自臆之詞，無據。

bāi-song（ㄅ'ㄞ7-ㄙㄛㄥ1）宜作「問喪」，諸羅縣志風俗志即作「問喪」，其實「問喪」早為禮記篇名，禮記問喪疏：「鄭目錄云，名曰問喪者，以其記善問居喪之種所由也，此於別錄屬喪服也」，可知「問喪」之俗由來已久。

「問病」之俗亦是，左氏宣二：「初宣子田於首山，舍於翳桑，見靈輒餓，問其病，曰，不食三日矣」。

問喪、問病的「問」，探問也；問脈的「問」，審度也，口語都讀bāi（ㄅ'ㄞ7）。

語言會衍生分化，「微」俗有bi（ㄅ'ㄧ1）、bui（ㄅ'ㄨㄧ1）、bun（ㄅ'ㄨㄣ1）、ba（ㄅ'ㄚ1）四種語音【見0017篇】，「問būn（ㄅ'ㄨㄣ7）」讀成bā（ㄅ'ㄚ7）、bāi、（ㄅ'ㄞ7）也是相同的語音衍生分化現象。

0020 冒觸【摸觸、𧎾觸】

河洛話說bak-tak（ㄅ'ㄚㄍ4-ㄉㄚㄍ4），有三種寫法。

第一種寫法是「冒觸」，即觸犯，後漢書蘇章傳：「冒觸嚴禁，陷族禍害」，集韻：「冒，密北切，音墨」，讀bak（ㄅ'ㄚㄍ）四或八調，如「若有冒觸著你的所在，請你海涵」。

第二種寫法是「摸觸」，為「觸摸」的倒語，即觸摸，屬中性語詞。廣韻：「摸，慕各切，音莫bȯk（ㄅ'ㄛㄍ8）」，白讀bak（ㄅ'ㄚㄍ4），如摸水、摸沙、摸錢【以上「摸」字俗亦讀bong（ㄅ'ㄛㄥ1）】，如「他摸觸東，摸觸西，實在手賤」。

第三種寫法是「𧎾觸」，𧎾，汙也，塗染也，「𧎾觸」指因接觸而蒙受塗染或沾汙，屬消極貶義語詞，集韻：「𧎾，莫葛切，音末bȧt（ㄅ'ㄚㄉ8）」，白讀bak（ㄅ'ㄚㄍ4），如𧎾手、𧎾血、𧎾屎。

俗說「沾惹瑣碎事物」宜用「𧎾」字，所謂𧎾觸、𧎾觸觸、𧎾𧎾觸觸，意謂因接觸而受塗染或沾汙，如「為著支持某人，挈贈品食選舉飯，𧎾𧎾觸觸，我則不要」。

挽花、拔花【搣花】

摛花，河洛話說成bán-hue（ㄅ'ㄢ2-ㄏㄨㄝ1），俗多作「挽花」。

小爾雅廣詁：「挽，引也」，舉凡挽引、挽回、挽舟、挽車、挽弩、挽柩、挽留、挽牽、挽摟、挽輦……等成詞，「挽」皆作拉引義，不作摘取義，雖「挽」音bán（ㄅ'ㄢ2），「挽花」卻指拉引花朵，而非摘花，可謂音合，但義不合。

有作「拔花」【去除臉上毫毛俗說「挽面」，臺灣漢語辭典作「拔面」】，義可行，但韻書注「拔」入聲或去聲，不讀bán（ㄅ'ㄢ2），寫做「拔花」，義合，音不合。

亦有直作「摘花」，但「摘」音thik（ㄊㄧㄍ4），音亦不合。其他諸如「撚花」、「捻花」、「捫花」等寫法，義雖合，音皆不合。

bán-hue（ㄅ'ㄢ2-ㄏㄨㄝ1）宜作「搣花」，正字通：「搣，俗捫字」，晉書苻堅載記：「捫蝨而言，旁若無人」，注：「捫，捻也」，捻，以指取物也，中文大辭典注「捻花」條：「摘花也」，可見「搣花」即捫花，即捻花，即摘花，義合。

集韻：「搣，彌殄切」，讀bián（ㄅ'ㄧㄢ2）、bán（ㄅ'ㄢ2），音亦合。

0022 反【慢】

在民間賭事裡頭，尤其是押寶遊戲，內場（即莊家）所做的「寶」如重複前前者，稱為「倒踏」，重複前者則稱為bân（ㄅ'ㄢ5），俗有作「反」，論語述而：「必使反之」，皇疏：「反，猶重也」，荀子賦：「願聞反辭」，注：「反辭，反覆敘說之辭」，可知「反」確有「重複」義，廣韻：「反，孚袁切」，讀pân（ㄅㄢ5），可音轉bân（ㄅ'ㄢ5），將bân（ㄅ'ㄢ5）寫做「反」，音義皆合。

不過作「慢」似更佳，按「慢」俗多讀bān（ㄅ'ㄢ7），但集韻：「慢，謨官切」，讀bân（ㄅ'ㄢ5），如「動作慢」、「藥力慢」、「慢牛」、「雜唸大家出慢皮媳婦」。

其中「慢皮bân-phuê（ㄅ'ㄢ5-ㄆㄨㄝ5）」，一指打亦不痛，一指毫無反應，尤其在指稱毫無反應時，俗多略稱「皮phî（ㄆㄧ5）」，即「一皮天下無難事」的「皮」，其實俗亦有略稱「慢」，乃「緩慢」到幾無變化的誇張講法。

連慢三遍的「慢」，讀做bān（ㄅ'ㄢ7），表示緩慢或延宕；若讀做bân（ㄅ'ㄢ5），則表示重複。

蠻皮【慢皮】

教育部推薦河洛話用詞三百詞：「蠻皮bân-phuê（ㄅ'ㄢ5-ㄆㄨㄝ5），對應華語『頑強不化』，用例『你真蠻皮』，異用字『慢皮』」。

其中以「頑強不化」對應「蠻皮」，並不恰當，雖「蠻皮」有時含「頑強不化」義，不過大抵是從動作緩慢、反應遲鈍、改變遲緩等延伸而來，而「蠻皮」的原始意涵則集中在「遲緩」這個焦點，如做事拖拉、被打不知痛、缺點不改，所以它是遲鈍緩慢，甚至幾近停頓，而非頑強不化，它是「緩慢」，而非「野蠻」。

教育部建議用「蠻」而不用「慢」，或因「蠻」讀bân（ㄅ'ㄢ5），「慢」卻讀bān（ㄅ'ㄢ7），殊不知集韻：「慢，謨官切」，亦可讀bân（ㄅ'ㄢ5）。

雖然中文大辭典：「蠻，慢也」，可知「蠻皮」與「慢皮」詞義其實相同，但「慢」、「蠻」二字給人的印象屬性決然不同，一緩慢，一野蠻，差別極大，其他如「反應慢」、「動作慢」、「慢牛」、「慢性」等詞，若將「慢」改作「蠻」，造成的歧義，恐怕就太大了些。

0024 變無方【變無目、秉無目、變無魍、秉無魍】

方，法也，伎術也，集韻：「方，甫兩切，音倣hóng（ㄏㄛㄥ2）」，口語亦讀báng（ㄅ'ㄤ2），故臺灣漢語辭典：「變無方pì^{n}-bô-báng（ㄅㄧ3鼻音-ㄅ'ㄜ5-ㄅ'ㄤ2），掉不出槍花，亦即搞不出名堂」。

不過báng（ㄅ'ㄤ2）也可能是bȧk（ㄅ'ㄚㄍ8）的訛轉，bȧk（ㄅ'ㄚㄍ8）即「目」，「眉目」之略也，「變無方」可作「變無目」，即「變化無眉目」，即變通無方。

「變無目」屬中性語詞，若作貶義用途，不妨作「變無魍」，意思是變不出詭計，魍，魍魅也，魍魎也，為專耍魍魅技倆者。

pì^{n}（ㄅㄧ3鼻音）除作「變」，亦可作「秉」，變，即變化，秉，即操持，「變無目」即變不出把戲，「秉無目」即搞不出把戲，「變無魍」即變不出壞把戲，「秉無魍」即搞不出壞把戲，彼此間有著些微差異。

「阿兄已經變無目矣」、「阿兄已經秉無目矣」、「匪徒已經變無魍矣」、「匪徒已經秉無魍矣」，是有分別的。

0025 辨字、八字【別字】

「瞭解」、「認識」、「知道」的河洛話都說pat（ㄅㄚㄉ4），這說法十分古老，其語源來自「八」這個字。

「八」字結構簡明，才兩劃，一劃向左，一劃向右，彼此分開，象分別之形，本義為「別」，後加「刀」成「分」，其實「八」、「分」、「別」同義。

河洛話說「識字」為pat-jī（ㄅㄚㄉ4-ㄐ'ㄧ7），照理可作「八字」，不過宜分做兩種讀法兩種詞義，一讀peh-jī（ㄅㄝㄏ4-ㄐ'ㄧ7），意指生辰八字或八個字；一讀pat-jī（ㄅㄚㄉ4-ㄐ'ㄧ7），意思是識字。

照理亦可作「別字」，也有二讀，一讀pa̍t-jī（ㄅㄚㄉ8-ㄐ'ㄧ7），意指另一個字；一讀pat-jī（ㄅㄚㄉ4-ㄐ'ㄧ7），意思是識字。

有說「辨」與八、分、別同義，但「辨」不讀入聲，作「辨字」調不合。

比較「八」與「別」，用「別」字似較佳，如「我不別」、「不別是非好否」、「他別花別草，是植物專家」，若將「別」改作「八」，就失色了。

0026 卯到【牟得、牟著】

經濟海嘯席捲全球，政府為提振景氣，決定發放消費券，媒體寫到：「大家卯到了」。「卯到báu-tiò（ㄅˊㄠ2-ㄉㄧㄜ3）」即賺到，即得到好處。

卯，地支第四位，大歲曰單閼，在月為二月，方位指東方，時刻為上午五時到七時，五行屬木，動物指兔。後來與「災厄」有關，禮儀士喪禮：「不辟子卯」，注：「子卯，桀紂亡日，凶事不辟，吉事闕焉」，河洛話即稱「霉運當頭」為「運行到卯字」，稱「失去生命」為「命卯去」，都將「卯」運用在不祥事態上，故將「得到」寫做「卯到」，並不妥當。

有作「貿到」，貿，市也，買也，河洛話說「貿甘蔗」、「貿弓蕉」，指全數買下，將「得到」寫做「貿到」，亦不妥。

báu-tiòh（ㄅˊㄠ2-ㄉㄧㄜㄏ8）宜作「牟得」、「牟著」【說時「牟」讀本調，「得」、「著」輕讀】，作取得義，即得到，漢書食貨志：「如此富商大賈，亡所牟大利」，注：「牟，取也」，集韻：「牟，莫後切，音母，有上聲」，可白讀báu（ㄅˊㄠ2）。

0027 楘【貿】

臺灣語典卷一：「楘，呼茅，入聲。字書無。豫價而沽也，閩小紀：閩中種龍眼者多不自採，賈人春時入貲，估價其園。有楘花者、楘青者」，連氏以為「楘」音baủh（ㄅ'ㄠㄏ8），作豫價而沽義，「楘」今口語仍用，如「楘甘蔗」、「楘弓蕉」。

中文大辭典：「楘，禾密生也、草密生也」，廣韻：「楘，音僕pỏk（ㄅㄛㄍ8）」，集韻：「楘，音朴phoh（ㄆㄜㄏ4）」，讀音有別於baủh（ㄅ'ㄠㄏ8），連氏將baủh（ㄅ'ㄠㄏ8）寫做「楘」，寫法是有待商榷的。

baủh（ㄅ'ㄠㄏ8）宜作「貿」，「貿」作買賣解，詩經衛風氓：「氓之蚩蚩，抱布（即幣）貿絲」，後漢書孟嘗傳：「郡不產穀食，而海出珠寶，與交阯比境，常通商販，貿糴糧食」，貿即買；方文詩：「江市聊為貿卜行，敢言蹤跡類君平」，貿即賣。俗說「貿」可為買亦可為賣，與典籍所述吻合，如「桌頂的柑仔我總貿」，貿，買也；「他將桌頂的柑仔貿我」，貿，賣也。

「貿」俗讀bō͘（ㄅ'ㄛ7），因从卯聲，口語讀如卯baủh（ㄅ'ㄠㄏ8）。

0028 昧曉【未曉】

子曰：「知之為知之，不知為不知，是知也」。

「知」即明瞭，河洛話說「知tsai（ㄗㄞ1）」、「通thong（ㄊㄛㄥ1）」、「別pat（ㄅㄚㄉ4）」、「會ē（ㄝ7）」、「曉hiáu（ㄏㄧㄠ2）」等。

「不知」即不明瞭，河洛話說「不知m̄-tsai（ㄇ7-ㄗㄞ1）」、「未通bē-thong（ㄅ'ㄝ7-ㄊㄛㄥ1）」、「不別m̄-pat（ㄇ7-ㄅㄚㄉ4）」、「未曉bē-hiáu（ㄅ'ㄝ7-ㄏㄧㄠ2）」，或單說「昧bē（ㄅ'ㄝ7）」。

不過俗多將bē-hiáu（ㄅ'ㄝ7-ㄏㄧㄠ2）寫做「昧曉」，這是有問題的，「昧」和「曉」互為反義，「昧曉」是反義複詞，與生死、成敗、死活、縱橫、反正、是非……等詞類同，那「昧曉」到底是「昧」還是「曉」？

河洛話稱「不明瞭」，或單說「昧」，或說「未曉」【尚未明瞭，即不明瞭】，而非「昧曉」。

例如有人問：「你獲曉乎lí-ē-hiáu-hơ（ㄌㄧ2-ㄝ7-ㄏㄧㄠ2-ㄏㄛ1）【你知道了嗎】？」

答：「我昧【我不知道】」【等同答說：「我未曉」，但卻不是：「我昧曉」】。

0029 我卜出門、我欲出門【我每出門】

北京話「我要」的「要」，河洛話俗多作「卜」，俗有beh（ㄅ'ㄝㄏ4）、bé（ㄅ'ㄝ2）二音，「我卜」屬前音，「我卜出門」屬後音。

俗作「卜」，因「卜」為期願之辭，詩小雅天保：「君曰卜爾，萬壽無疆」，其實期願辭「卜」讀poh（ㄅㄜㄏ4），如有卜【或許有機會】、卜無【或許沒有】。

「卜」宜作「每」，廣韻：「每，武最切」，讀bé（ㄅ'ㄝ2），後漢書鄧禹傳：「每與羌戰，常以少制多」，左傳成十五年：「初，伯宗每廟，其妻必戒之」，孫子謀攻：「不知己不知彼，每戰必殆」，漢書董賢傳：「每賜洗沐，不肯出」，嵇康與山巨源絕交書：「阮嗣宗口不論人過，吾每師之」，論語八佾：「子入太廟，每事問」，孟子離婁：「故為政者，每人而悅之」，以上「每」皆可讀bé（ㄅ'ㄝ2），作「要」解，可惜漢後解經者皆作「每一」義，後人遂不知beh（ㄅ'ㄝㄏ4）、bé（ㄅ'ㄝ2）即「每」也。

俗亦有作「欲」，「欲」讀做beh（ㄅ'ㄝㄏ4）屬訓讀音，如「我欲出門」。

0030 卜晝、望晝【每晝】

「要」有時具時間屬性，如將要、即要、快要、就要，指在不久的將來「要」，河洛話仍以單音beh（ㄅ'ㄝㄏ4）或bé（ㄅ'ㄝ2）稱之，俗作「卜」。

不過亦有作「望」，如快要八十歲稱「望八十」，快要中午稱「望晝」，天快要亮稱「天望光」，韓愈祭竇司業文：「踰七望八，年孰非翁」，吳晉與林茂之前輩書：「先生以望九之年……」，只是韻書注「望」讀五、七調，不讀二、四調，調不合。

「未」从木一，為指事字，其中「一」之筆劃指樹木新生之枝葉，引申作「未來」義。說文：「每，草盛上出也」，與「未」義近，亦引申「未來」義，新書退讓：「必每莫令人往竊為楚亭，夜善灌其瓜」，「每莫」即薄暮，河洛話作「每暗bé-àm（ㄅ'ㄝ2-ㄚㄇ3）」，與「每晝」詞構相同。

「每」讀beh（ㄅ'ㄝㄏ4）、bé（ㄅ'ㄝ2），作「要」、「將要」義；讀muí（ㄇㄨㄧ2），作「每一」義。每晝的「每」若讀bé（ㄅ'ㄝ2），即快要中午；若讀muí（ㄇㄨㄧ2），意思變成每個中午。

0031 屎篦【屎蓖】

早期尚無草紙【衛生紙的前身】時，人大便後，要用一種叫做sái-bī-á（ㄙㄞ2-ㄅ'ㄧ7-ㄚ2）的東西來刮淨肛門，俗多作「屎篦仔」。

按「篦」多指櫛髮之具，如白居易琵琶行：「鈿頭雲篦擊節碎」，或指取鰕具，不過古來竹篦用途廣泛，如製篦梳、篦尺、篦箕，或許亦用作屎篦也說不定。

「屎篦」的做法是取黃麻骨【莖】，曬乾後剖半或剖成四片而成，長十餘公分，質軟量輕，容易持取，又不會刮傷肛門，若以竹篦為之，恐怕脆弱的肛門會受不了。

因此，「屎篦」應改作「屎蓖」為佳，按「蓖」即蓖麻，為一年生草本植物，莖高六七尺，形圓中空，果實為蒴，種子可榨油，稱蓖麻子油，與黃麻相近，尤其莖骨與黃麻幾近相同，質軟量輕，極適合用來做「屎蓖」。

俗話說：「胡蠅舞屎蓖」，此「屎蓖」若是竹製的「屎篦」，恐怕蒼蠅舞不動吧。

有謎底為「屎蓖」的謎語順便一提：「一支一扐長，中央一點糖，臆中挈去舐，臆不得，扑尻川」，猜一物，謎底是「屎蓖」。

0032 日婆【蠼蝠、蠌蝠】

河洛話說蝙蝠為「夜婆iā-pô（ㄧㄚ7-ㄅㄜ5）」，也說「日婆jit-pô（ㄐ'ㄧㄉ8-ㄅㄜ5）」，又是夜，又是日，真是奇怪。

廣韻：「蠼，蟙蠼蟲，即蝙蝠」，集韻：「蠼，蟲名，齊人呼蝙蝠為蟙蠼」，說文段注：「蝙蝠，北燕謂之蟙蠼，音職墨」，可見「蠼」讀如墨bik（ㄅ'ㄧㄍ8），俗音轉bit（ㄅ'ㄧㄉ8），甚者訛轉jit（ㄐ'ㄧㄉ8），訛寫「日」。

「蝠」俗白讀pô（ㄅㄜ5），一來含「畐」聲根的形聲字，如「逼」、「幅」、「煏」、「富」都讀ㄅ聲母，二來廣韻注「蝠」音福hok（ㄏㄛㄍ4），收入聲ok（ㄛㄍ）韻，此入聲韻可轉非入聲的o（ㄜ）、ɵ（ㄛ）韻，如暴、作、洛、濁、簿、莫、幕、剫、厝、錯、告、摸、擭、嗽、套、嗾……等，故「蝠」俗白讀pô（ㄅㄜ5）。

河洛話稱蝙蝠，是「蠼蝠」，不是「日婆」；是「夜蝠」【蝙蝠屬夜行性動物】，不是「夜婆」，俗作「日婆」、「夜婆」，屬訛誤之說法與寫法。

正字通：「蠼，俗蠌字」，故亦可作「蠌蝠」。

臭青母【臭腥蟒】

蛇類中有名「臭青母」者，其名稱其實源自河洛話，因河洛話稱此蛇為「臭青母tshàu-tsheⁿ-bó（ㄘㄠ3-ㄘせ1鼻音-ㄅ'さ2）」，此蛇有腥臭氣味倒是真的，體色青色及性別為母蛇，卻全非屬實【俗甚至以為「臭青母」為母蛇，公蛇則稱「臭青公」，簡直錯得離譜】。

事實上，臭青母呈黃褐色或灰褐色，體型粗長，甚至達二公尺以上，屬大型蛇，無毒，其吻端到眼睛上方有王字斑紋，俗亦稱「王錦蛇」，加上牠的肛門腺非常發達，遇危險時便會發出腥臭惡味以趕走敵人，這算是牠禦敵的絕招妙步，因為這個緣故，吾人亦稱牠為「臭黃蟒」。

「臭青母」體色並非青色，亦無關公母，「青」、「母」二字實為訛寫，蛇名應寫做「臭腥蟒」，因為一來此蛇會發出「臭腥」氣味，二來此蛇屬巨型「蟒」類。

按「腥」字从星聲，口語可讀如星tsheⁿ（ㄘせ1鼻音）；「蟒」音bóng（ㄅ'ㄛㄥ2），可音轉bó（ㄅ'さ2），這和「鈷鏻鍋」的「鏻bóng（ㄅ'ㄛㄥ2）」被讀做bó（ㄅ'さ2）情況一樣，俗也將「鈷鏻鍋」訛寫為「狗母鍋」。

0034 汋汋泅【冒冒泅】

以六書來說，「冒」字屬會意兼形聲，是個有趣的字。

通訓定聲：「冒字从冃从目，冃即古帽字，帽及目則目為所蔽，本義作『蒙而前』」，乃受蔽而作之意。

一般認為「冒」以「冃【音bō（ㄅ'ㄜ7）、bāu（ㄅ'ㄠ7）】」為聲根，讀mō（ㄇㄛ7），如冒險、感冒；讀māu（ㄇㄠ7），如冒失鬼。

殊不知「冒」亦以「目【音ba̍k（ㄅ'ㄚㄍ8）、bo̍k（ㄅ'ㄛㄍ8）】」為聲根，讀bak（ㄅ'ㄚㄍ4），如冒觸；讀bok（ㄅ'ㄛㄍ4），如水冒出來、冒鼻腔血、冒出兩粒爛痘仔；讀bo̍k（ㄅ'ㄛㄍ8）為象聲詞，如冒冒叫、冒冒泅。

「冒冒叫」言液體或氣體向上冒騰發出「冒冒」的聲音，「冒冒泅」言人游泳時口鼻冒出氣泡「冒冒」作響或載沉載浮【冒出水面】的艱難狀況。

有作「汋汋叫」、「汋汋泅」，說文：「汋，激水聲」，卻不知是何種狀況水所發出的聲音，是急速下沖？匯流相激？沖激岩石？冒出地面？還是……。

0035 罔市罔腰【妄飼妄育、罔飼罔育】

早期農業社會重男輕女，生女大抵並非所願，於是有人便將女兒取名「罔市bóng-tshī（ㄅ'ㄛㄥ2-ㄑㄧ7）」、「罔腰bóng-io（ㄅ'ㄛㄥ2-ㄧㄜ1）」，以表示心中雖不情願，卻又無奈，只好姑妄養之育之。

這「罔市」、「罔腰」純粹是因聲造詞，看不出「姑妄養之育之」的意涵，這個和本來作「加人」意涵的，地名卻取為「基隆」，情形是一樣的。

「罔市」、「罔腰」其實應作「妄飼」、「妄育」【或作「罔飼」、「罔育」，增韻：「妄，罔也」】。莊子齊物論：「予嘗為汝妄言之，女以妄聽之」，這「妄言妄聽」即河洛話「妄講妄聽」，「妄bóng（ㄅ'ㄛㄥ2）」即姑且、姑妄。

「育」讀io̍k（ㄧㄛㄍ8），口語讀io（ㄧㄜ1），以「育」為聲根再造的「唷」，即讀io（ㄧㄜ1）或iơ（ㄧㄛ1）。

現今社會進步，男女平等，女孩子取名「罔市【妄飼、罔飼】」、「罔腰【妄育、罔育】」的，已經不再聽說了【若還有，恐怕女權團體會抗議的】。

0036 邱罔舍【邱妄舍】

「舍人」原係周朝官名，地官之屬，掌平官中之政，秦置太子舍人，魏晉有中書舍人，隋唐有起居舍人、通事舍人，宋置閤門宣贊舍人，元有直省舍人、侍儀舍人，明有帶刀散騎舍人，直至清朝才將「舍人」廢除。不過宋元以來，民間亦稱顯貴世家之子弟為舍人，略稱「舍」，二刻拍案驚奇卷卅九：「嬾龍掣住其衣，問道：『你不是某舍麼？』貧兒跼蹐道：『惶恐，惶恐』」。

河洛話亦略稱「舍人」為「舍sià（ㄒㄧㄚ3）」、「阿舍a-sià（ㄚ1-ㄒㄧㄚ3）」，姓氏一般冠於前，如邱舍、邱阿舍、王舍、王阿舍。

傳說臺灣早期有一位富有的邱阿舍，大家叫他「邱罔舍khu-bòng-sià（ㄎㄨ1-ㄅ'ㄛㄥ3-ㄒㄧㄚ3）」，為何「阿舍」會變成「罔舍」，這「罔」字從何而來？

河洛話稱一個人行徑妄誕，不循正理，為「妄bòng（ㄅ'ㄛㄥ3）」，甚至稱「妄妄」，邱阿舍就是這種荒唐人物，才被譏稱為「邱妄舍」，增韻：「妄，誕也，罔也」，「邱妄舍」亦可寫做「邱罔舍」。

荒忙、荒芒、荒茫【荒亡】

河洛話hong-bông（ㄏㄛㄥ1-ㄅ'ㄛㄥ5）有四種寫法。

其一，荒忙，即慌忙，元稹夢井詩：「念此瓶欲沉，荒忙為求請」，搜神記：「度當時荒忙出走，視其金枕在懷……」。

其二，荒芒，即渺茫，黃景仁河堤詩：「故道已荒芒，形勢猶彷彿」。

其三，荒茫，也是指渺茫，蘇軾詩：「渚宮寂寞依古郢，楚地荒茫非故基」，沈約郊居賦：「批東郊之寥廓，入蓬藋之荒茫」。

其四，荒亡，即沉迷，管子戒：「先王有游息之業於人，無荒亡之行於身」，孟子梁惠王下：「先王無流連之樂，荒亡之行」，明無名氏四賢記：「她是讀書女子，豈肯留連荒亡」。

俗說則以「荒亡」為多，作沉迷義，或略稱「荒」，如荒蹉跎、荒啉酒、荒女色、荒諸女、荒電動……，古典用法相同，如荒色、荒淫、荒宴、荒醉、荒樂。

雖牝牡相誘曰「風」，沉迷女色仍應作荒女色、荒諸女，而非風女色、風諸女。

0038 某、婆、婦【姥】

河洛話稱「妻」為bó͘（ㄅ'ㄛ2），俗多作「某」，義不足取。

有作「婆」，開平縣治：「妾曰小婆，妻曰大婆」，老學庵筆記：「吏勳封考，三婆兩嫂」，醒世恆言：「不正夫綱但怕婆」，而「婆兒」、「婆子」、「婆姨」、「婆娘」等，「婆」即妻，只是韻書注「婆」平聲五調，不讀二調，調不合。

有作「婦」，詩豳風東山：「鸛鳴于垤，婦歎于室」，樂府陌上桑：「使君自有婦，羅敷自有夫」，韓愈文：「為婦為母，再朝中宮」，聊齋誌異阿英：「時玨四五歲，問：飼鳥何為？父戲曰：將以為汝婦」，而「婦氏」、「婦兄」、「婦言」、「婦弟」、「婦家」等，「婦」即妻，只是集韻：「婦，扶缶切」，讀hiū（ㄏㄧㄨ7），俗讀hū（ㄏㄨ7），音雖近，但調不合。

bó͘（ㄅ'ㄛ2）宜作「姥」，世說新語惑溺：「若使周姥撰詩，當無此言」，劉宰詩：「爭似石翁攜石姥」，瑯琊王歌：「公死姥更嫁」，姥，妻也，廣韻：「姥，莫補切」，讀bó͘（ㄅ'ㄛ2），可謂音義皆合。

漠涅【冒捏】

河洛話說「胡亂捏造言語以傷害欺騙別人的行為」為「生言造語」，或說「烏白造」，在此「造tsō（ㄗㄜ7）」口語讀tsōng（ㄗㄛㄥ7），這種「捏造」的行為河洛話亦說bō-liap（ㄅ'ㄛ7-ㄌㄧㄚㄅ4）【bō（ㄅ'ㄛ7）或讀mō（ㄇㄛ7），帶鼻音】，臺灣語典作「漠涅」，臺灣語典卷四：「漠涅，猶杜撰也。漠為廣漠，涅為涅造」，亦即漫天說謊。【按「涅」應為「捏」之誤】

「漠涅」宜作「冒捏」，漢書衛青傳：「青冒姓為衛氏」，注：「師古曰：冒，謂假稱，若人首之有覆冒也」，即俗說的「假冒」，餘如冒充、冒姓、冒名、冒度、冒牌、冒領、冒籍、冒襲等，「冒」字都作假冒解。

中文大辭典：「捏，強相牽合附會也」，再說「捏」亦多涉及虛假義，如捏告、捏侵、捏病、捏控、捏造、捏詞、捏登、捏報、捏虛、捏稱……等，皆與虛假有關。

「冒捏」雖非成詞，但「冒」、「捏」皆與假冒、虛假有關，「冒捏」之詞構接近同義複詞，造假之義甚明，要比「漠涅」來得簡淺平易，而且精準確切。

0040 菜尾【菜餛】

民間舉辦婚喜宴會，不管在黑松大飯店【即路邊搭廠宴客】，或在大飯店，熱情又體貼的主家往往會另備幾道大餐讓親友宴後帶走，或是將所謂的「菜尾tshài-bué（ㄘㄞ3-ㄅ'ㄨㄝ2）」打包，事後分送親友或鄰居，那些殘臢食餘一經混合成為「菜尾」，真是神奇，竟有著特殊美味，讓人回味無窮。

按「尾」从尸毛，象體後系尾形，實詞指鳥獸蟲魚拖在其脊盡處，而形或扁平或細長用助運動或防侵擾之部位，如馬尾、牛尾、鳥鼠仔尾，虛詞作後、梢、末、盡、終義，如次尾【屋後】、樹尾【樹梢】、月尾【月底】、盡尾、頭尾，由此可知，「菜尾」應與「菜頭」相對，指蔬菜的尾梢，就算「菜」不是指蔬菜，而是指菜餚，「菜尾」也應指一桌菜餚裡頭，最後的一道菜餚，而不是指殘臢食餘。【蔬菜頭部與蘿蔔，此二者河洛話都說「菜頭」，此處「菜頭」係指前者】

「菜尾」宜作「菜餛」，集韻：「餛，食餘」，「菜餛」即指殘臢的菜餚，廣韻：「餛，武斐切，音尾bué（ㄅ'ㄨㄝ2）」。

0041 笑微微【笑肳肳】

形容笑的疊詞很多，如「笑咪咪」、「笑听听【「听」音gī（ㄍ'ㄧ7）】」、「笑嘻嘻」、「笑呵呵」、「笑咳咳」，皆屬象聲之詞，「笑瞇瞇」則屬描繪表情之詞，而「笑微微」則屬敘述性態之詞。

笑微微的「微」讀bui（ㄅ'ㄨㄧ1）、bi（ㄅ'ㄧ1），與「咪」、「瞇」音近，故俗亦多作「笑咪咪」、「笑瞇瞇」。

有說河洛話tshiò-bún-bún（ㄑㄧㄜ3-ㄅ'ㄨㄣ2-ㄅ'ㄨㄣ2）亦可寫做「笑微微」，這似乎不妥，因「微」屬平聲字，不讀二調，調不合。

tshiò-bún-bún（ㄑㄧㄜ3-ㄅ'ㄨㄣ2-ㄅ'ㄨㄣ2）應作「笑吻吻」，「吻」从口勿，勿亦聲，「勿」象旗飄之狀，故「吻」除作口、唇、嘴邊義，亦指嘴之動作性態，於動作行為稱「親吻【親嘴】」，於聲音語氣稱「口吻」，於輕微牽動稱「吻笑」，稱「微笑」為「微吻笑【「微」音ba（ㄅ'ㄚ1）】」。

因今「吻」作親嘴義，為避歧解，可改作「肳」，而作笑肳肳、微肳笑。

0042 吻一下【莞一下】

「笑咪咪」、「笑听听【「听」音gī（ㄍ'一7）】」、「笑嘻嘻」、「笑呵呵」、「笑咳咳」等形容笑的疊詞都是屬於象聲性質的形容詞，其衍生的「咪一下」、「听一下」、「嘻一下」、「呵一下」、「咳一下」，意思都是「笑一下」，意思簡明清晰，而且易懂。

「笑肳肳」【「肳」讀bún（ㄅ'ㄨㄣ2）】屬性態詞，非象聲詞，情況便不一樣，說「肳一下」即表示「笑一下」，字面上是說不通的。

說文：「吻，口邊也，或作肳」，因此單一個「肳」字並不具「笑」義，不像莞、嗤、哂、哈、唏、呵、咳等字，皆具「笑」義，而以上諸字可發bún（ㄅ'ㄨㄣ2）音者，唯「莞」字而已。

集韻：「莞，戶衮切，音混hún（ㄏㄨㄣ2）」，因口語喉音h（ㄏ）可轉雙唇音p（ㄅ）、ph（ㄆ），如富、婦、沸、痱、肥、方、吠、糞、佛、芳、蜂、紡、縫……等皆有此現象，故「莞hún（ㄏㄨㄣ2）」語音可讀bún（ㄅ'ㄨㄣ2）。俗說「笑一下」為bún-tsit-ē（ㄅ'ㄨㄣ2-ㄐ一ㄉ8-ㄝ7），應作「莞一下」，不宜作「肳一下」。

0043 微脗笑【微抿笑】

「微笑」俗有二說，一為「微微笑ba-bun-tshiò（ㄅ'Ƴ1-ㄅ'ㄨㄣ1-ㄑㄧㄜ3）」，取「微微之笑」義；一為「微肳笑ba-bún-tshiò（ㄅ'Ƴ1-ㄅ'ㄨㄣ2-ㄑㄧㄜ3）」，取「微之肳笑」義。兩者音近義近（前第二字「微」讀一調，後第二字「肳」讀二調），詞構亦近，極易混淆。

「肳笑」本作「吻笑」，「吻」从口勿，勿亦聲，「勿」象旗飄狀，因笑時嘴角牽動如旗飄動，故稱「吻笑」，然因今「吻」字多作親嘴義，為避「親嘴而笑」之歧義，改作「肳笑」。

其實bún-tshiò（ㄅ'ㄨㄣ2-ㄑㄧㄜ3）」亦可作「抿笑」，紅樓夢第八回：「黛玉磕著瓜子兒，只管抿著嘴兒笑」，二十年目睹之怪現狀第三十八回：「兩旁差役，只是抿著嘴暗笑」，兒女英雄傳第三十七回：「拿起酒來，脣邊抿了抿，卻又放下了」，抿，合嘴也，俗稱合嘴為「抿嘴」，合嘴而笑即「抿笑」，輕微的合嘴而笑即「微抿笑」，集韻：「抿，武粉切，音吻bún（ㄅ'ㄨㄣ2）」。

e
e
e
(せ)

0044 啞狗【啞口】

「啞巴」指喪失言語能力者，就人類角度而言，除八哥、鸚鵡等善學人類語言者外，所有動物都是啞巴，但是奇怪，河洛話卻獨說啞巴為「啞狗é-káu（ㄝ2-ㄍㄠ2）」，不說「啞雞」、「啞貓」、「啞馬」、「啞牛」……，這沒有道理。

將「啞巴」寫做「啞狗」，而不寫「啞雞」、「啞貓」、「啞馬」、「啞牛」……，純屬訛誤寫法，正確寫法應為「啞口無言」的「啞口」，意指口【嘴巴】啞了。

按「口」字讀kháu（ㄎㄠ2），如開口、口氣；讀khió（ㄎㄧㄜ2），如住口、口角；讀kha（ㄎㄚ1），如口數【「數」讀siàu（ㄒㄧㄠ3）】、一口皮箱、十嘴九口稱；口語也讀káu（ㄍㄠ2），如啞口、放屁安口心、餬口食家自【「餬口」俗多訛作「呼狗」】。

這正是河洛話麻煩之處，在韻書紀錄之外，它另有一套聲音存留著，在民間承續著，三四千年來一直如此。

例如「西」字，除讀做se（ㄙㄝ1），如西方；讀sai（ㄙㄞ1），如東西；獨獨「西瓜」的「西」卻讀做si（ㄒㄧ1）。

0045 下晡【的晡、維晡】

河洛話將「下午」寫成「下晡」，其實不妥，因為：一、下午寫成「下晡」，則上午豈不寫成「下早」。二、「下ē（せ7）」讀七調，置前應變三調，俗讀「下晡」的「下」置前卻仍讀七調【等於沒變調】，不合理。

「下午」宜作「的晡」，古作「之晡」，原本應作「今的晡」，因言當下時間，省略「今」字，而成「的晡ê-po͘（せ5-ㄅㄛ1）」，如「我【今】的晡去公園」；若非當下時間，則不可省略，如「昨的晡」、「後日的晡」，必須寫明日期。

將ê（せ5）寫成「的」，「的早」即上午，「的晡」即下午，「的晝」即白天，「的昏【或「的暗」】」即晚上，「的」讀ê（せ5）屬訓讀音，這純屬通俗平易的寫法。

ê（せ5）古作「維」，詩大雅文王有聲：「考卜維王，宅是鎬京」，意思是參考龜卜的武王，奠都鎬京，「維」用於句中，可助語句和諧勻稱，雖無義，有時卻等同今語所有格「的」，故前述亦可作「維早」、「維晡」、「維晝」、「維昏」、「維暗」。

「的」、「維」讀ê（せ5），置前變七調，與口語音完全符合。

下腳【下下、底下】

河洛話說「下面」為ē-kha（せ7-ㄎㄚ1），一般寫做「下腳【或下骹、下跤】」。

「下」字讀音很多，讀hā（ㄏㄚ7），如下山、天下；讀ē（せ7），如下面、桌下；讀sah（ㄙㄚㄏ8），如下麵、下水餃；讀kha（ㄎㄚ1），如山下、樓下；讀hē（ㄏせ7），如下落、下毒；讀hê（ㄏせ5），如下落來；讀kē（ㄍせ7），如下聲；讀ka（ㄍㄚ1），如下落枕。

由上可知，「下」讀ē（せ7），也讀kha（ㄎㄚ1），前述ē-kha（せ7-ㄎㄚ1）則可作「下下」，屬疊詞同字異讀的例子，與蓋蓋、接接、擔擔、差差……等類同。

隋唐嘉話：「崔湜之為中書令，河東公張嘉貞為舍人，湜輕之，常呼為張底」，晉宮談錄：「皇城使劉承規，在太祖朝，為黃門小底」，以上兩處「底」字，為對人的蔑稱，「張底tiu^{n}-ē（ㄉㄧㄨ1鼻音-せ7）」、「小底sió-ē（ㄒㄧㄜ2-せ7）」今人亦常掛於嘴邊【口語讀音，首字「張」、「小」不變調，「底ē（せ7）」輕讀如第三調】。

ē-kha（せ7-ㄎㄚ1）作「底下」，音義亦合。

0047 幸會【好下、好會】

若有人得樂透彩頭獎，大家會說此人「好運hó-ūn（ㄏㄜ2-ㄨㄣ7）」，或說此人「hó-ē（ㄏㄜ2-ㄝ7）」。

河洛話「hó-ē（ㄏㄜ2-ㄝ7）」的說法堪稱古老，臺灣漢語辭典作「幸會」：「幸會，良機也，意謂幸遇機會也。韓愈答張籍書：因緣幸會，遂得所圖」，義可行，不過「幸」音hīng7（ㄏㄧㄥ7），與hó（ㄏㄜ2）音與調皆不合。

高階標準臺語字典「下」字條：「結果，事情的落實。例：好下【好結果；幸運】」，音義皆合。

或可作「好會」，不過有二讀，一讀hó-huē（ㄏㄜ2-ㄏㄨㄝ7），作友好之會盟、盛會解，史記孔子世家：「乃使使告魯為好會，會於夾谷」，說苑奉使：「晉楚之君相與為好會於宛丘之上」；一讀hó-ē（ㄏㄜ2-ㄝ7），作幸運、好機會解；此為異讀而得異義之例，如「他得頭獎，實在誠好會」、「若有好會的事事，則通知我【「事事」讀tāi-tsì（ㄉㄞ7-ㄐㄧ3），或作「事載」，俗多訛作「代誌」】」。

0048 會使【獲使】

古文「王許之【王允許他】」和「王曰可【王說可以】」意思相同，前句屬抽象動作，後句屬具體聲音，但指陳相同，或許這就是「許可」成詞的原因。

若將「王許之」和「王曰可」加以綜合，則成為「王許曰：『可』【王許應說：「可以」】」，「可」是「許」的內容，「許」是「可」的動作。

北京話說「可以」，河洛話說ē-sái（ㄝ7-ㄙㄞ2）或ē-sái-tsit（ㄝ7-ㄙㄞ2-ㄐㄧㄉ4），一般寫做「會使」、「會使之【亦可作「會使得」，「得」讀tit（ㄉㄧㄉ4），與「之tsit（ㄐㄧㄉ4）」音近】」，不過「會」亦作知曉義，「會使」、「會使之」容易產生「懂的行使」的歧義。

前述「許」與「可」成詞，且互為表裡，「可以」即「許以」，即「許可以」，即「獲得允許行使」，等同古文「獲使之」，而「獲使之」的河洛話口語音即讀做ē-sái-tsit（ㄝ7-ㄙㄞ2-ㄐㄧㄉ4）。

故「可以」的河洛話寫做「獲使之」，要比「會使之」的寫法佳。

g
g
g
(ㄍ ’)

寒鐵【凝鐵】

將燒鐵漬於水中，河洛話說gàn（ㄍ'ㄢ3），臺灣語典作「𨰖」，可惜是臆造字。

動詞gàn（ㄍ'ㄢ3）可作「凝」或「寒」；凝，以燒鐵入冷水，使凝聚也；寒，以燒鐵入冷水，使冷卻也；二者用意有別，然皆富勝義。

「凝」字動詞性強，後加名詞，如凝冰、凝血、凝雪，以上「凝」皆作動詞。「寒」字狀詞性強，後加名詞，如寒屋、寒衣、寒舍，以上「寒」卻皆不作動詞，由此觀之，河洛話gàn（ㄍ'ㄢ3）屬動詞，後又加名詞，作「凝鐵」應優於「寒鐵」。

漢書王褒傳：「清水焠其鋒」，注：「焠，謂燒而內水中以堅之也」，可知使燒鐵冷卻只是手段，使燒鐵堅硬才是目的，由此觀之，「凝鐵」寫法亦優於「寒鐵」。

韻部ing（ㄧㄥ）與an（ㄢ）向來可互轉，如曾、等、眼（如龍眼）、零星……，「凝」由ging（ㄍ'ㄧㄥ）轉讀gan（ㄍ'ㄢ）音，是合理的。

狀詞gàn（ㄍ'ㄢ3）作嚴寒義，乃「嚴寒」合讀而成，略作「寒」，如「冰角誠寒」，若轉動詞，則相當「使……受冷」，如「食冰遂寒著嘴齒」、「冰角會寒手」。

0050 戇戇【愕愕】

ong（ㄛㄥ）、ang（ㄤ）可互轉，此眾所皆知，如空、公、東、冬、動、涷……皆是。

說文：「戇，愚也」，亦即愚笨，集韻：「戇，胡貢切」，音hōng（ㄏㄛㄥ7），口語讀做gōng（ㄍ'ㄛㄥ7），例如「他誠戇」、「他頭殼戇戇」。

因ong（ㄛㄥ）和ang（ㄤ）可互轉，「戇gōng（ㄍ'ㄛㄥ7）」亦可讀gāng（ㄍ'ㄤ7），例如「聽到消息，他人旋戇去【「旋」讀suî（ㄙㄨㄧ5）】」，不過這寫法似乎有問題。

河洛話說gāng（ㄍ'ㄤ7），有遽然驚惶而瞠目結舌，或呆若木雞狀，相當於北京話說的「傻眼」、「錯愕」、「愣住」，雖狀似呆傻，卻非真的呆傻，與「愚笨」是兩回事，把gāng（ㄍ'ㄤ7）寫做「戇」，音雖通，義卻不合。

gāng（ㄍ'ㄤ7）宜作「愕【或作訝】」，史記刺客傳：「群臣皆愕」，字彙：「愕，錯愕、倉卒驚遽貌」，集韻：「愕，五故切，音誤gō͘（ㄍ'ㄛ7）」，音轉gāng（ㄍ'ㄤ7）。

李華含元殿賦：「愕視沉沉」，愕視，即今北京話說的「傻眼」，即河洛話說的「目珠愕愕」、「目珠愕去」，但不能寫做「目珠戇戇」、「目珠戇去」。

0051 㢟、豪【雅於】

河洛話說人能力強為gâu（ㄍ'ㄠ5），一般寫做㢟，集韻：「㢟，牛刀切」，可讀gô（ㄍ'ㄜ5）、gâu（ㄍ'ㄠ5），說文：「㢟，健也，从力敖聲，讀若豪」，段注：「此豪傑真字，自假豪為之，而㢟廢矣」，廣韻：「㢟，俊健也」，集韻：「㢟，彊也，通作豪」。可見「㢟【後來被「豪」取代，今河洛話亦有改㢟作「豪」，更通俗平易，更佳】」是狀詞字，用來形容一個人有極佳的氣度及能力，如㢟人、讀冊誠㢟。

一個人能力強，便容易專精於一些物事，河洛話亦稱專精於一些物事【即擅長】為gâu（ㄍ'ㄠ5），俗亦多作㢟，如㢟唱歌、㢟寫字、㢟講話、㢟繪圖……，此處gâu（ㄍ'ㄠ5）多冠於動詞前，成為副詞。

gâu（ㄍ'ㄠ5）作副詞，亦可作「雅於」【「雅於ngá-û（ㄫㄚ2-ㄨ5）」合讀剛好是gâu（ㄍ'ㄠ5）】，按「雅」可作副詞，作素常、向來義，如明史毛澄傳：「帝雅敬憚澄，雖數忤旨，而恩禮不衰」，「雅」即素常，則「雅於唱歌」即素常作唱歌之事，亦即擅長唱歌；「雅於寫字」即素常作寫字之事，亦即擅長寫字。「雅於」今則多作「㢟」。

0052 加誚【睨瞧、凝瞧】

白居易病中詩序：「昔劉公幹病漳浦，謝康樂臣臨川，咸有篇章，抒詠其志，今引而序之者，慮不知我者或加誚焉」，有說「加誚」即河洛話gê-siâu（ㄍ'ㄝ5-ㄒㄧㄠ5），作討厭或惱怒義。按廣韻：「誚，責也」，「加誚」即加以責備，與討厭、惱怒義異，且廣韻：「誚，才笑切，音噍tsiāu（ㄐㄧㄠ7）」，調亦不合。

gê-siâu（ㄍ'ㄝ5-ㄒㄧㄠ5）宜作「睨瞧」，斜視也，即目不正而作蔑視貌，引伸討厭或惱怒，雖韻書注「睨」讀去聲、上聲，不過「睨」與「倪」一樣，皆以「兒」為聲根，口語可讀如「倪gê（ㄍ'ㄝ5）」。

「睨瞧」俗略稱「睨」，「瞧」係後加字（其實寫「瞧」做虛字「邪」最為合適，見0633篇），可省略，有人找一個「𡳞【男精】siâu（ㄒㄧㄠ5）」加在後面，簡直要命。

亦可作「凝瞧」，「凝gîng（ㄍ'ㄧㄥ5）」之於心，鬱悶也，「凝gê（ㄍ'ㄝ5）【或讀gîn（ㄍ'ㄧㄣ5）】」之於目，恨視也，「凝」从冰疑gî（ㄍ'ㄧ5）聲，可轉gê（ㄍ'ㄝ5）。

再者，「加誚」若略稱「加」，無法表達討厭或惱怒之義，可知作「加誚」欠妥。

0053 擎【夯】

記得兒時屋前有同房長輩，名喚「夯伯giâ-peh（ㄍ'一Ｙ5-ㄅせㄏ4）」，今教育部推薦河洛話用字亦有此字：「夯，音讀giâ（ㄍ'一Ｙ5），對應華語：扛」。

「夯」讀giâ（ㄍ'一Ｙ5），乃民間白話音，此字从大力會意，「大」即雙手，如喚、奠、契等字中「大」亦指雙手，「夯」即雙手用力上舉。

雙手用力上舉，作用有二，一為扛或擎舉東西，字彙：「夯，大用力以肩舉物」，禪林寶訓：「……悅呵曰：自家閨閣中物，不肯放下，反累及他人擔夯」，故雙手舉物時用到肩背者曰「夯giâ（ㄍ'一Ｙ5）」，如夯米、夯麵粉、夯桌仔，若僅用雙手而未用到肩背者曰「擎giâ（ㄍ'一Ｙ5）」，如擎國旗、擎竹篙、擎椅仔。

另一種狀況是，雙手上舉重物後用力向下擊打，也稱之為「夯」，字彙：「夯，呼朗切」，音hóng（ㄏㄛㄥ2）、háng（ㄏㄤ2），口語讀hám（ㄏＹㄇ2），可作動詞，如夯壁、夯頭殼、夯鐵釘；可作名詞，指硬物所製用以砸實地基之具，如夯仔、夯杵【見六部成語工部】、夯夫【見六部成語工部】；可作狀詞，作呆笨義，如夯呆。

0054 病夯起來【病芽起來】

教育部推薦河洛話用字：「夯，音讀giâ（ㄍ'ㄧㄚ5），對應華語：發作，用例：舊症頭夯起來」。

字彙：「夯，大用力以肩舉物」，如夯貨、夯米，與北京話「扛」相同，扛舉是扛舉，發作是發作，兩者不同，將「病發」寫做「病夯起來」，不妥當。

有作「病劇起來」，說文新附：「劇，尤甚也」，廣韻：「劇，增也」，則「病劇起來」乃病情加重，而非病發。

有作「病痸起來」，集韻：「痸，痄痸，病甚」，義與「病劇起來」同，指本就有病，而病又加重，與「病發」不同。

在此，giâ（ㄍ'ㄧㄚ5）作發作、萌生、爆發義，宜作「芽」，說文：「芽，萌芽也」，段注：「按此本作芽，萌也」，歐陽脩重贈劉原父詩：「而今春物已爛漫，念昔草木冰未芽」，「芽」即讀giâ（ㄍ'ㄧㄚ5）。

生活中可「芽起來」者，非僅病也，還有「火氣芽起來」、「性地芽起來」……等。

0055 揭【擎、夯】

音與義皆相近之字詞，容易產生混用、誤用現象，北京話如此，河洛話亦如此，如「挈khėh（ㄎせㄏ8）」、「提thê（ㄊせ5）」、「揥thėh（ㄊせㄏ8）」、「遞thē（ㄊせ7）」，吾人慣以「提」字統之，這是有問題的，事實上除「挈」、「揥」可混用互通，餘皆不宜，如「他挈（揥）褲去樓頂」、「他一再提起往事」、「郵差中晝遞批來」，三句中的「挈」、「提」、「遞」就不可換用。

「揭giȧh（ㄍ'ㄧㄚㄏ8）」、「擎giâ（ㄍ'ㄧㄚ5）」、「夯giâ（ㄍ'ㄧㄚ5」也如此，俗慣以「揭」統之，事實上「擎」、「夯」、「揭」三者亦不容混用，尤其「擎」、「夯」與「揭」音調判然有別，聽起來明顯不同，如「他揭旗反對」、「他擎旗反對」，義同，調卻不同。至於「擎」、「夯」音雖同，「擎」係以雙手舉物，「夯」則以雙手兼用肩背舉物，用法有別，如「擎國旗」、「夯麵粉」。

廣韻：「擎，渠京切」，讀kîng（ㄍㄧㄥ5），可轉giâ（ㄍ'ㄧㄚ5），ing（ㄧㄥ）轉ia（ㄧㄚ）乃常見之事，如驚、京、聲、聖、鼎、名、正、精……。

0056 好野人【好譽人、好業人】

俗將「富豪」作「好野人hó-giȧh-lâng（ㄏㄜ2-ㄍ'ㄧㄚㄏ8-ㄌㄤ5）」，明顯不宜。

臺灣漢語辭典作「豪舉人」，引史記信陵君傳：「平原君之遊，徒豪舉耳，不求士也」，言平原君出遊意在展現富豪氣派，非為求才，故「豪舉」即富豪，惟「豪hô（ㄏㄜ5）」不讀二調，調不合。

有作「好譽人」，本指美譽，後轉富有義，「譽giā（ㄍ'ㄧㄚ7）」雖不讀八調，置前卻與八調置前一樣，皆變三調，與河洛話口語音相符。

有作「好額人」，按「額」指數量，不一定和金錢有關，如額數、定額、缺額、有額、無額、額外、名額等有時即無關金錢，說「額」為「金額」之略，似嫌牽強，不妥，何況「好額」之詞義亦難理解。

應亦可作「好業人」，「業」即家業、事業、產業，有良好家業、事業、產業者即是好業人，管子樞言：「其事親也，妻子具，則孝衰矣。其事君也，有好業，家室富足，則行衰矣。爵祿滿，則忠衰矣」，可見「好業」等同「富有」。

0057 未高興【未交興、未交癮】

「癮ún（ㄨㄣ2）」俗白讀giàn（ㄍ'ㄧㄢ3），作名詞，稱一種癖嗜，如過癮、酒癮、薰癮（菸癮）、癮頭；若作動詞，指癖嗜所引發欲得、喜好或貪愛的一種心理，如癮酒、癮薰。

giàn（ㄍ'ㄧㄢ3）亦可作「興（同癮）」，「興hìng（ㄏㄧㄥ3）」可轉gìng（ㄍ'ㄧㄥ3），再轉giàn（ㄍ'ㄧㄢ3），名詞如酒興、薰興、興頭，動詞如興酒、興薰。

俗說沒興趣、不願意為bē-kau-giàn（ㄅ'ㄝ7-ㄍㄠ1-ㄍ'ㄧㄢ3），有作「未高興」，言興頭不高，故沒興趣、不願意，但「未高興」俗作不爽、不高興義，容易混淆。

或作「未夠興」、「未夠癮」，但「夠」俗讀kàu（ㄍㄠ3），調不符，且「未夠興」、「未夠癮」指不能滿足興頭，與沒興趣或不願意也不相同，

bē-kau-giàn（ㄅ'ㄝ7-ㄍㄠ1-ㄍ'ㄧㄢ3）宜作「未交興」、「未交癮」，謂與興頭未相交合，即所謂的「不來電」，故興趣度與願意度皆無，而「交興」的詞構與交欣、交惡、交歡、交戾的詞構相同，並不突兀。

0058 癮頭、頑童、頑惰【艮頭】

河洛話說愚蠢或樸實者為giàn-thâu（ㄍ'ㄧㄢ3-ㄊㄠ5），「癮」雖然口語讀giàn（ㄍ'ㄧㄢ3），「癮頭」卻指一個人對事物有所癖嗜因而養成的一種習慣性念頭，與「愚蠢」、「樸實而不知變化」不同。

有作「頑童」、「頑惰」，義可通，但頑、童、惰三字須轉音變調，音差較大。

說文：「頑，梱頭也」，段注：「梱，梡木未析也，梡，梱木薪也，凡物渾淪未破者，皆得曰梱，凡物之頭渾全者，皆曰梱頭，梱頑雙聲，析者銳，梱者鈍，故以為愚魯之稱」。故知「梱頭」、「頑頭」皆作愚魯解，「梱」讀hun（ㄏㄨㄣ）音二或五調，「頑」讀guân（ㄍ'ㄨㄢ5），音近giàn（ㄍ'ㄧㄢ3），但調不合。

通俗篇品目艮頭：「輟耕錄：杭人好為隱語，如麤蠢人曰杓子，樸實人曰艮頭，按，今又增其辭曰艮古頭」，艮頭，稱樸實溫和之人也，稱條直實在而不知變通之人也，亦用以狀愚蠢之人也。

廣韻：「艮，古恨切」，讀kìn（ㄍㄧㄣ3），可音轉giàn（ㄍ'ㄧㄢ3）。

0059 乾瞪眼【僅單癮、僅單興、僅單睠、僅單眷、僅單凝】

北京話「乾瞪眼」意指眼巴巴凝視，疑源自河洛話「看有食無『kan-ta-giàn（ㄍㄢ1-ㄉㄚ1-ㄍ'ㄧㄢ3）』」，當然kan-ta-giàn（ㄍㄢ1-ㄉㄚ1-ㄍ'ㄧㄢ3）的河洛話寫法不宜作「乾瞪眼」，俗有作「干乾癮」，其中「干乾」純屬記音寫法，義不足取，宜作「僅單【或僅徒】」【見0181篇】，僅單，僅僅也，唯獨也，只有也。

「癮」、「興」口語皆可讀giàn（ㄍ'ㄧㄢ3），可作動詞，如癮酒、癮薰、興酒、興薰，則「僅單癮」、「僅單興」意指只能任由貪欲念頭無法遏止的發作。

玉篇：「睠，同眷」，書大禹謨：「皇天眷命」，傳：「眷，視也」，韻書注「眷」、「睠」皆居倦切，讀kiàn（ㄍㄧㄢ3），可轉giàn（ㄍ'ㄧㄢ3），「僅單睠」、「僅單眷」即只能眼巴巴的看。

凝，凝視也，「凝」口語讀gàn（ㄍ'ㄢ3）【見0049篇】，可轉giàn（ㄍ'ㄧㄢ3），「僅單凝」義與「僅單睠」、「僅單眷」同，即只能眼巴巴的看。

有作「僅單饞」、「僅單願」，義有可取處，但「饞」、「願」讀七調，調不合。

0060 死㦕㦕【死硬硬】

形容死亡的河洛話，除「死朽朽【北京話作「死翹翹」】」，還有sí-giān-giān（ㄒㄧ2-ㄍ'ㄧㄢ7-ㄍ'ㄧㄢ7），因北京話有「病㦕㦕」一詞，遂有作「死㦕㦕」。

韓偓春盡日詩：「把酒送春惆悵在，年年三月病㦕㦕」，西廂記崔鶯鶯夜聽琴雜記：「㦕㦕瘦損，且是傷神」，「㦕㦕」皆用以狀病態，而非用以狀死態。

死態大概有兩大特點，一為變硬，一為變冷。

說到「變硬」之狀態，則讓人想到硬、勁、強、彊、殭、僵、健、堅等字，這些字的河洛話意涵有其相近之處，且讀音都與giān（ㄍ'ㄧㄢ7）相近，用以狀死態，也似乎都可以。

語言文字自古一路演繹下來，往往有其理趣，且自成制約，如上述勁、強、彊、健為正面積極字，殭、僵為反面消極字，硬、堅則屬中性字，用以狀死態，應避開積極字，而以殭、僵、硬、堅為佳，其中「硬ngē（ㄫㄝ7）」最通俗簡明，且聲調相符，應屬最佳寫法。

硬硬未消肱【硬硬𩚨消硬】

河洛話sí-giān-giān（ㄒㄧ2-ㄍ'ㄧㄢ7-ㄍ'ㄧㄢ7）寫做「死硬硬」，民間另有一說，在「硬硬」後面另加bē-siau-kiān（ㄅ'ㄝ7-ㄒㄧㄠ1-ㄍㄧㄢ7）三個字，義不變【仍用來狀死態】，俗多作「硬硬未消肱」。

「肱hiân（ㄏㄧㄢ5）」口語讀kiān（ㄍㄧㄢ7），廣韻：「肱，肚肱，牛百葉也」，集韻：「胃之厚肉為肱」，亦有說「鳥之內胃為肱」，可知「肱」乃泛指動物的胃部，則「未消肱」意指胃鼓脹而尚未消減變小或恢復正常狀態，那麼「未消肱」與「死亡」就沒有必然關係【因為腹肚鼓脹並非死態之必然現象】，用「未消肱」來增強形容死態，似乎不妥。

「未消肱」宜作「𩚨消硬【或「未消硬」】」，𩚨，不會也，意指僵硬之狀態不會消除，亦即會一直僵硬下去，即死透了，有增強前面兩疊字「硬硬」的意味。

「硬硬𩚨消硬」讀做giān-giān-bē-siau-giān（ㄍ'ㄧㄢ7-ㄍ'ㄧㄢ7-ㄅ'ㄝ7-ㄒㄧㄠ1-ㄍ'ㄧㄢ7）【最後一字其實不讀kāin（ㄍㄧㄢ7）】才是正確讀法。

0062 齴牙【仰牙、揚牙】

露出牙齒，河洛話稱giàng-gê（ㄍ'一ㄤ3-ㄍ'せ5），如惡犬裂嘴露牙喉嚨做聲即是，用於人身，則引申作揚言、強言義。

有作「齴牙」，顧瑛遊天池詩：「兩峰齴門牙，中谷何廓然」，韓駒入鳴水洞詩：「我欲踏驚湍，下窮齴齶石」，金昌協自萬瀑洞至摩訶衍記：「洞石之嶔崎磊落，槎牙齴齶者」，以「齴」象石之參差狀，或借以狀牙齒之貌而作「齴牙」，只是「齴」韻書注讀二、五調，不讀三調，調有出入。

有作「仰牙」，按「仰」有向上、出頭義，用於方言，如肩胛頭仰仰、頭毛仰仰、講話誠仰，又如周立坡山鄉巨變：「你以後不要再出去仰了，我勸你」；另可讀hiàⁿ（ㄏ一ㄚ3鼻音），如倒摔仰、仰後摔倒。

禮記玉藻：「進則揖之，退則揚之」，孔穎達疏：「揚，仰也」，「揚」俗讀五調，但口語音似可讀giàng（ㄍ'一ㄤ3），與仰同，如成詞揚白、揚言、揚眉、揚揚、揚聲等，詞例繁多，作「揚牙」似亦可行。

孽褻話【謔褻話】

有人平素黃腔黃調，滿口「孽褻話giȧt-siat-uē（ㄍ'ㄧㄚㄉ8-ㄒㄧㄚㄉ4-ㄨㄝ7）」，令人生厭，所謂「孽褻話」即黃色笑話。

廣韻：「褻，私列切」，讀siat（ㄒㄧㄚㄉ4），康熙字典：「褻，穢也」，褻話，汙穢之話語也，後指黃色【色情】話語。

廣韻：「孽，魚列切」，讀giȧt（ㄍ'ㄧㄚㄉ8），作非嫡正之子、災難、病、憂、不吉、惡逆、加罪、盛飾、不孝等解，與「戲謔」完全無關，故將黃色「笑」話寫做「孽褻話」，並不妥當。

「孽褻話」宜作「謔褻話」，說文：「謔，戲也，从言虐聲，詩曰，善戲謔兮」，廣韻：「謔，戲謔」，「謔褻話」即戲謔的黃色話語，即黃色笑話。

俗亦稱玩笑話為「謔仔話giȧt-á-uē（ㄍ'ㄧㄚㄉ8-ㄚ2-ㄨㄝ7）」，不應寫做「孽仔話」。開玩笑為「謔詞giat-siâu（ㄍ'ㄧㄚㄉ8-ㄒㄧㄠ5）」，不應寫做「孽潲」或「孽韶」【「詞」讀siâu（ㄒㄧㄠ5），如「虛詞」即讀做hau-siâu（ㄏㄠ1-ㄒㄧㄠ5）】。

0064 樹捦、樹扲【樹錦】

河洛話說「木本植物的枝條」為tshiū-gím（ㄑㄧㄨ7-ㄍ'ㄧㄇ2），這是一種古老的說法，比北京話說的「樹枝」要古老許多。

臺灣漢語辭典作「樹捦」、「樹扲」，捦khîm（ㄎㄧㄇ5），握持也；扲kham（ㄎㄚㄇ1），持也，兩字皆動詞，且不讀二調，音義皆不合。

tshiū-gím（ㄑㄧㄨ7-ㄍ'ㄧㄇ2）應作「樹錦」，「錦」乃以厚繒為地，另以彩絲織之而成，原作名詞，後亦作狀詞，作鮮明美麗解。

但，「錦」確實就是「枝條」，而且詞例繁多，不勝枚舉，如大家耳熟能詳的成語「錦上添花」、「花團錦簇」，元稹詩：「山茗粉含鷹觜嫩，海榴紅綻錦窠勻」，花月痕第十二回：「兩廊間酒香茶沸，水榭上錦簇花團」，庾信詩：「江波錦落，火井星浮」，盧思道詩：「垂絲被柳陌，落錦覆桃蹊」，蘇味道詩：「桐落秋蛙散，桃舒春錦芳」，李嶠詩：「葉暗庭幃滿，花殘院錦陳」，李孝光詩：「晃衣楓錦飄階葉，吹佩松濤度曲風」，以上「錦」字皆指樹木之枝條。

0065 【黃堇堇】

說文：「堇，黏土也，从黃省，从土」，可見「堇」字含「黃」、「土」二義，有一種鑛物名「堇青石」，一名二色石，其色為灰、褐青、紫青、青綠等，具多色性，而有藍色及黃色之強烈二色，此處堇青石的「堇」即指黃色；如「堇泥」、「堇塊」指黏土，「堇」字即指土。

河洛話說大片的黃色、鮮明的黃色為nĝ-gìm-gìm（ㄥ5-ㄍ'ㄧㄇ3-ㄍ'ㄧㄇ3），宜作「黃堇堇」。若用以狀面黃肌瘦，或可作「黃饉饉」，如「他的面黃饉饉」，廣韻：「無穀曰饑，無菜曰饉」，因饑饉而致面黃肌瘦，故作「黃饉饉」，其實亦可作「黃堇堇」。

有作「黃黅黅」，廣韻：「黅，黃色」；有作「黃黚黚」，說文：「黚，淺黃黑色也」；有作「黃黔黔」，集韻：「黔，黃黑色」；有作「黃黬黬」，廣韻：「黬，淺黃色」；義皆可通，只是「黅」、「黚」、「黔」、「黬」四字皆讀平聲，屬一調與五調字，不作三調，調不合。

0066 恨人、恨然【悢恡、悢吝】

河洛話說「不高興」為gīn-lān（ㄍ'ㄧㄣ7-ㄌㄢ7），有作「恨人」，文選江淹恨賦：「僕本恨人，心驚不已」，「恨人」謂多恨之人，與「不高興」義不同，何況「人」為五調字，調亦不合。

有作「恨然」，戰國策趙策：「襄子恨然曰：『何哉，吾聞之，輔主者名顯，功大者身尊，任國者權重，忠信在己，而眾服焉』」，恨然，怨貌，是個狀詞，例如「他心內誠恨然」；若作動詞，因有個「然」字，如「他恨然你」，句子便欠妥適。

廣雅釋詁四：「吝，恨也」，廣韻：「恡，鄙恡，本亦作吝」，可見「悢恡（或「悢吝」）」為同義複詞，重則指埋怨，輕則指鄙視，亦即「討厭」、「不高興」。

「悢恡」可作名詞，如「他心內的悢恡誠深」；可作動詞，如「他悢恡你」；可作狀詞，如「他心內誠悢恡」。

「悢」音hīn（ㄏㄧㄣ7），音轉gīn（ㄍ'ㄧㄣ7），「恡」音līn（ㄌㄧㄣ7），音轉lān（ㄌㄢ7）。

0067 偶的、嫌的【訛的】

同名者相互間的稱呼為giô-ê（ㄍ'ㄧㄜ5-ㄝ5），大海洋詩社的林仙龍與我同名、同姓、同鄉、同好，他就一向叫我giô-ê（ㄍ'ㄧㄜ5-ㄝ5）。

有將giô-ê（ㄍ'ㄧㄜ5-ㄝ5）寫做「偶的」，「偶」或可讀gio（ㄍ'ㄧㄜ）音，說文：「偶，桐人也」，亦即相人也，說文通訓定聲：「各本作桐人也，桐相形近而誤，相人者，像人也」，可見被稱為「偶」是因為形相相似，而非稱謂雷同，俗說giô-ê（ㄍ'ㄧㄜ5-ㄝ5）係指同名同姓【或姓名相似】，是稱謂雷同，作「偶的」並不恰當。

有作「嫌的」，禮記曲禮上：「禮不諱嫌名」，注：「嫌名，謂音聲相近，若禹與雨，丘與區也」，就聲音相似的角度觀之，作「嫌的」義可行，但「嫌hiâm（ㄏㄧㄚㄇ5）」與giô（ㄍ'ㄧㄜ5）音差太大，故不適合。

應可作「訛的」，集韻：「訛，吾禾切」，讀gô（ㄍ'ㄜ5），可轉giô（ㄍ'ㄧㄜ5），舊唐書地理志：「本名葢藏城，語訛為姑藏城」，可見「訛」是音近或音同所產生的混淆現象，同名者產生的混淆現象也是一樣，故俗便戲稱同名者為「訛的」。

0068 戇人、諴人、矼人【愿人】

河洛話「天公疼戇人」，寫法合適嗎？

一般來說，樸實平和的人因誠實而欠靈活變化，反而給人愚蠢呆笨的感覺，這才是天公所疼惜的人；而愚蠢呆笨的人並不會因蠢笨而不說謊耍詐，所以天公並不以愚蠢呆笨做為加以疼惜的必要條件！

說文：「戇，愚也」，「戇人gōng-lâng（ㄍ'ㄛㄥ7-ㄌㄤ5）」即愚人。

國語楚語上：「吾有妾而愿」，注：「愿，愨也」，即質樸也，「愿」讀如願guān（ㄍ'ㄨㄢ7），可音轉gōng（ㄍ'ㄛㄥ7），如帆、盤、管……亦是。

有作「諴人」，書大禹謨：「至諴感神」，蔡傳：「誠感物曰諴」，說文：「諴，和也」，「諴」讀如咸hâm（ㄏㄚㄇ5），雖韻部am（ㄚㄇ）可轉ong（ㄛㄥ），但調不合。

有作「矼人」，莊子人間世：「且德厚信矼」，釋文：「矼，愨實貌」，疏：「矼，確實也」，韻書注「矼」讀一或三調，雖近gōng（ㄍ'ㄛㄥ7），但調亦不合。

如上，寫做「愿人」最佳，「諴人」、「矼人」次之，「戇人」則不妥。

三人共五目【三人共晤目】

臺灣民間有一則這樣的故事：

有跛腳男和獨眼女分別請同一個媒婆找結婚對象，機智的媒婆安排跛腳男騎馬經過獨眼女家門，巧妙掩飾其瘸壞的左腳，獨眼女則自門後探出半張臉，掩飾其瞎壞的左眼，對看後雙方皆大歡喜，最後完成結婚大事。

故事中媒婆說了一句名言「三人共五目，以後無長短骹話」，語中暗示媒婆與男女雙方「共五個眼睛【女方僅一眼】」，且以後女方不能以「長短腳」為由來嫌棄男方。

這「三人共五目」的話顯然是說者杜撰的，故事中媒婆沒緣由的說「三人共五目」，不但突兀，而且極不合理，應該作「三人共晤目」，正字通：「人相見曰晤」，詩東風東門之池：「可與晤歌」，箋：「晤，猶對也」，「三人共晤目」則是「我們三人共同親眼以對的」，這是表面意涵，因「共晤目」與「共五目」音同，諧音別解，巧指女方獨眼，這才是媒婆的機智。

廣韻：「晤，五故切，音誤gō（ㄍ'ㄛ7）」，「五」口語亦讀gō（ㄍ'ㄛ7）。

0070 外省店【五仙店】

河洛話說的「外省店guā-síng-tiàm（ㄍ'ㄨㄚ7-ㄒㄧㄥ2-ㄉㄧㄚㄇ3）」，指什麼商店？難道是泛指外省人開設的所有商店？

「外省店」其實單指麵攤，那是早期外省人來台最常開設的店，是否因為如此，臺灣社會遂稱麵攤為「外省店」，若是如此，其餘如饅頭店、餛飩店、燒餅店、烤鴨店、火鍋店……，大多也是外省人開設的，為何不稱外省店？

就地理位置來說，臺灣位居亞熱帶，主產稻米，以米飯為主食，大陸長江以北主產大麥、小麥，以麵食為主食，早期北方外省人來臺，開麵攤賣麵，不管湯麵、乾麵，每碗一律五仙錢，五仙錢即五分錢，CENT是早期的金錢單位，也就是「分」，日語也用，河洛話稱仙sián（ㄒㄧㄢ2），這種收費五仙錢的麵攤，大家便稱它「五仙店gō-sián-tiàm（ㄍ'ㄛ7-ㄒㄧㄢ2-ㄉㄧㄚㄇ3）」，因為與「外省店」諧音的關係，後來訛作「外省店guā-síng-tiàm（ㄍ'ㄨㄚ7-ㄒㄧㄥ2-ㄉㄧㄚㄇ3）」。

到現今，我們還可以看到麵攤外懸掛「外省店」的招牌哩。

0071 阮【吾】

河洛話說到「我」，一般有三種說法：guá（ㄍ'ㄨㄚ2）、guán（ㄍ'ㄨㄢ2）、gún（ㄍ'ㄨㄣ2），三種說法若都寫做「我」雖無不可，但一般「我」指第一種說法，第二、三種說法俗多作「阮」。

中文大辭典注「阮」字為：關名、山名、古國名、月琴、與原通、一百六韻之一、稱阮籍阮咸叔姪，字義堪稱繁複，但並無「我」義。

俗以「阮」為「我」，原因大概有二：一是「阮」字从阝元guân（ㄍ'ㄨㄢ5）聲，音可通；一是阮通原，元亦通原，故阮通元，而「元」可引伸「我」，義可通。

正字通：「百姓曰元元」，史記文帝紀：「以全天下元元之民」，注：「古者，謂人云善，人因善為元，故云黎元，其言元元者，非一人也」，因百姓言必稱黎【你，稱人】、元【我，自稱】，只天子不稱黎元，言必稱朕【自稱】、卿【稱人】，故百姓稱黎元。

「吾gô͘（ㄍ'ㄛ5）」从口五聲，口語音讀如五gó͘（ㄍ'ㄛ2），音轉guán（ㄍ'ㄨㄢ2）、gún（ㄍ'ㄨㄣ2），爾雅釋詁：「吾，我也」，寫法平易通俗，似更佳。

0072 我們【咱、吾】

北京話在「我你他」的後面加「們」以表示多數，既科學又簡明，比河洛話「我你他」多數格的寫法要來得清晰而且高明。

其中「我們」這個詞，河洛話有兩種寫法，一是「吾guán（ㄍ'ㄨㄢ2）」，二是「咱lán（ㄌㄢ2）」，此二者不盡相同。例如：

北京話：「我們學校辦校慶。」【不清楚有無包含受話者】

河洛話：「吾學校辦校慶。」【不含受話者，受話者不與說話者同校】

河洛話：「咱學校辦校慶。」【包含受話者，受話者與說話者同校】

「吾guán（ㄍ'ㄨㄢ2）」是第一人稱的多數格，乃「我等」急讀而成，而「咱lán（ㄌㄢ2）」乃「你吾」、「您吾」兩字急讀而成，「你lí（ㄌㄧ2）」是第二人稱的單數格，「您lín（ㄌㄧㄣ2）」是第二人稱的多數格，與「吾」結合，即成包含受話者【包括單數及多數】的「我們」，亦即俗說的「咱【亦作偺、俗、偺】」，篇海：「咱，子葛切，音咂tsat（ㄗㄚㄉ4）」，俗白讀lán（ㄌㄢ2）。

h
h
h

0073 奚裙【繫裙】

「奚」字由來已久，甲文「奚」：羅振玉以為「罪隸為奚之本義，故从手持索以拘罪人」。金文「奚」：林義光氏以為「大象人形，此象系繫人頸，爪持之，即係纍之係本字」。因之，「奚」有繫縛之義，廣韻：「奚，胡雞切，音兮hê（ㄏせ5）」，音轉hâ（ㄏㄚ5），河洛話稱繫縛為hâ（ㄏㄚ5），作「奚」，音義皆合。惟此本義古罕見用，今所行者為別義。

hâ（ㄏㄚ5）若作「係」，中文大辭典：「係，縛也，圍而束之也」，義似可行，但韻書注「係」去聲，不讀五調，調不合。

說文：「係，絜束也」，段注：「絜束者，圍而束之也，俗通用繫」，集韻：「繫，胡計切，音系hē（ㄏせ7）」，不過口語讀hê（ㄏせ5）【俗說「聯繫」、「事事繫咧」的「繫」皆讀hê（ㄏせ5）】、hâ（ㄏㄚ5），故hâ（ㄏㄚ5）寫做「繫」，音義合，且平易通俗。

成詞「繫足紅絲」、「繫帚馬尾」、「繫裙腰」、「繫腰」、「繫腳」、「繫練」、「繫縛」、「繫臂」之「繫」字口語皆可讀hâ（ㄏㄚ5）。

0074 哈日【渴日】

時下有所謂哈日族、哈韓族，其中「哈」字用得無理，因「哈」並無「因渴望而生追求」義，「哈」从口合聲，讀hap（ㄏㄚㄅ4），正字通：「哈，魚動口貌」，即河洛話說的「魚仔嘴哈咧哈咧」。

「哈日」應是受河洛話影響所產生的新北京話【如同「喬時間」、「有夠夯」、「超ㄅ一ㄤ丶的」】。

「哈」源於河洛話hah（ㄏㄚㄏ4），本作「渴」。按以「曷」為聲根的字，如喝、遏、葛、揭、竭、楬等，皆以k（ㄍ）、kh（ㄎ）、h（ㄏ）、g（ㄍ'）為聲，以at（ㄚㄉ）、ah（ㄚㄏ）為韻，如「喝」讀huah（ㄏㄨㄚㄏ4）、hat（ㄏㄚㄉ4）。

「渴」讀kiat（ㄍㄧㄚㄉ4）、khat（ㄎㄚㄉ4），口語讀hah（ㄏㄚㄏ4）即屬上述聲韻組合，說文：「渴，盡也」，字彙：「渴，俗又作口乾欲飲之義」，引申作期望、貪求義，故集韻：「渴，貪也」。

事物往往因竭盡而匱乏，因匱乏而生貪求渴望，河洛話因而有各種「渴hah（ㄏㄚㄏ4）」，如渴日、渴韓、渴錢、渴酒、渴名牌、渴毒品……等。

0075 屎礐、屎壑【屎㽤】

今吾人稱大小便之處所為「廁所」、「便所」，說法有著濃濃的日本味，早期則稱sái-hȧk（ㄙㄞ2-ㄏㄚㄍ8），不但勁爆有力，而且原味十足。

sái-hȧk（ㄙㄞ2-ㄏㄚㄍ8）俗作「屎礐」，廣韻：「礐，音學hȧk（ㄏㄚㄍ8）」，但「礐」作石聲、山多大石、玉名、石名等義，結合「屎」成詞，難有「廁所」義。

sái-hȧk（ㄙㄞ2-ㄏㄚㄍ8）有作「屎壑」，「壑」从土，本指下陷地形，大者稱谷，小者稱溝稱坑，張衡西京賦：「陵巒超壑」，壑，谷也；國語晉語：「谿壑可盈」，壑，溝也；孟子滕文公：「舉而委之於壑」，壑，坑也；設屎坑以供大小便之處即「屎壑」，但「壑」讀hok（ㄏㄛㄍ4），雖可音轉hak（ㄏㄚㄍ4），調卻有出入。

sái-hȧk（ㄙㄞ2-ㄏㄚㄍ8）宜作「屎㽤」，「㽤」从广或聲，「广」指簡單建物【缺一面牆】，如廁、廳、廚、廩、廄……，「㽤」亦是，玉篇：「㽤，古文或字」，讀如或，音hȯk（ㄏㄛㄍ8）、hi̇k（ㄏㄧㄍ8），轉hȧk（ㄏㄚㄍ8）、hiȧp（ㄏㄧㄚㄅ8），如廁所稱「屎㽤【㽤讀hȧk（ㄏㄚㄍ8）】」，屋後簡單置器具空間稱「後背㽤仔【㽤讀hiȧp（ㄏㄧㄚㄅ8）】」。

0076 譀鏡【放鏡】

說文：「譀，誕也」，繫傳：「譀，大言也」，廣韻：「譀，許鑑切，陷去聲」，讀hàm（ㄏㄚㄇ3），現今河洛話確實仍使用這個字，如大家耳熟能詳的「譀話」、「講譀古」、「譀古詞hàm-káu-siâu（ㄏㄚㄇ3-ㄍㄠ2-ㄒㄧㄠ5）」、「他講話譀誇誇」等。

「譀」字从言，與言語有關，「說大話」就與言語有關，然若因「譀」作大言解，而將放大鏡寫做「譀鏡hàm-kiàⁿ（ㄏㄚㄇ3-ㄍㄧㄚ3鼻音）」，則明顯不妥，因為放大鏡主要功能在將物件影像放大，而不是將話語放大。

「譀鏡」應作「放鏡」，乃「放大鏡」之略稱，雖略去「大」字，「放鏡」仍具足放大鏡之意涵，因為「放」字本就具有大義，孟子盡心上：「放飯流歌」，注：「放飯，大飯也」。

廣韻：「放，甫妄切，音舫hòng（ㄏㄛㄥ3）」，口語亦讀hàm（ㄏㄚㄇ3），如「他做事的態度一向放放」、「他的個性放夸夸」，而「放鏡」口語即說hàm-kiàⁿ（ㄏㄚㄇ3-ㄍㄧㄚ3鼻音）。

0077 噉狗【譀古】

康熙字典：「噉，吼也」，則「噉狗」之意不外「吼叫的狗」，難怪臺灣語典卷三：「噉狗，謂亂言也」，意思說亂言之人如一條吼叫的狗，看似有理，實則欠佳。

「噉狗」音hàm-káu（ㄏㄚㄇ3-ㄍㄠ2），若作「譀古」應更佳。

按「譀」屬言部字，與話語有關，說文：「譀，誕也」，繫傳：「譀，大言也」，故「譀」當名詞，荒誕之話語也；當動詞，亂說話也；當狀詞，荒誕也；廣韻：「譀，許鑑切，陷去聲」，讀hàm（ㄏㄚㄇ3）。

中文大辭典：「古，舊事也」，河洛話猶保留此用法，稱「舊事」為「古kó͘（ㄍㄛ2）」，講述舊事曰「講古」，誇大虛幻如故事般的話語曰「譀古」。

向來韻部ơ（ㄛ）、au（ㄠ）可互轉，如垢、兜、毛、侯、教、貌……等都是，「譀古」的「古」除讀kó͘（ㄍㄛ2），俗亦讀káu（ㄍㄠ2）。

日常生活中還有加油添醋、疊床架屋的說法，說成「譀古詞」、「譀古詞話」、「講譀古詞話」【「詞」讀做siâu（ㄒㄧㄠ5）】。

0078 夯【風、瘋、烘、紅、興】

時下稱風行、時興、火紅、熱門為hang（ㄏㄤ1），寫做「夯」，如最夯款式、最夯景點……，這又是河洛話影響北京話的活例子，和北京話新語「喬時間」一樣。

hang（ㄏㄤ1）當然不宜作「夯」，「夯」讀hám（ㄏㄚㄇ2），大力搥擊也，如大力夯、夯仔；白讀giâ（ㄍ'ㄧㄚ5），扛舉也，如夯杉、夯貨、夯米。

hang（ㄏㄤ1）或可作「風」，為「風行」之略；或作「瘋」，為「瘋行【更強勢的風行】」之略。「風」、「瘋」作動詞讀hong（ㄏㄛㄥ1），作狀詞讀hang（ㄏㄤ1）。

或可作「烘hang（ㄏㄤ1）」，集韻：「烘，火皃」，暖熱也，意指熱門。

或可作「紅」，火紅也，紅可通工、功，讀kang（ㄍㄤ1），音轉hang（ㄏㄤ1）。

或可作「興hing（ㄏㄧㄥ1）」，時興也，音轉hang（ㄏㄤ1），與行hîng（ㄏㄧㄥ5）音轉hâng（ㄏㄤ5）的道理一樣。

今語「這一款皮包上『hang（ㄏㄤ1）』」一語，hang（ㄏㄤ1）可作風、瘋、烘、紅、興，不同用字會產生不同特性的意涵。

胷奶【胷奶、胖奶】

現在，「胖」已經是大家所畏懼的了，因為「胖」一來容易毛病多，二來有礙觀瞻，這使得減肥蔚為風尚，不過有一種人胖的話，大家不但感到高興，而且讚美有加，這種人就是嬰兒。

嬰兒肥胖叫做hàng-ni（ㄏㄤ3-ㄋㄧ1），有人寫做「胷奶」，廣韻：「胷，許應切」，讀hìng（ㄏㄧㄥ3），可音轉hàng（ㄏㄤ3）。但玉篇：「胷，腫痛」，廣韻：「胷，腫起」，集韻：「胷，腫病」，河洛話今仍沿用，如「他喙齒痛，牙槽胷胷」、「他睏眠無夠，面胷起來」，其實腫是腫，胖是胖，兩者不同，不宜混談。

「胷奶」應寫做「胷奶」，廣韻：「胷，胷膏，肥貌」，說文：「胷，膏肥貌，从肉學省聲」，故「胷ak（ㄚㄍ4）」聲化後讀如hak（ㄏㄚㄍ4），音轉hah（ㄏㄚㄏ4）置前與hàng（ㄏㄤ3）置前一樣，都變二調，音相同。

或亦可作「胖奶」，「胖」音phàng（ㄆㄤ3），與hàng（ㄏㄤ3）僅一音之轉，通俗易解，也是可行的寫法。

0080 吼、哮【號】

廣韻：「吼，呼后切」，讀hó（ㄏㄛ2），作獸鳴、大聲鳴、喊叫、大怒、清楚解說等義；集韻：「哮，笑狡切」，讀háu（ㄏㄠ2），作豕驚聲、叫囂、虎豹怒號、大怒、喉中響聲、大呼、呼喚等義；廣韻：「號，胡刀切」，讀hô（ㄏㄜ5），集韻：「號，胡到切」，讀hō（ㄏㄜ7），作呼、哭、稱號、稱舉、名稱、聲譽……義。

綜觀以上三字都有「叫」義，但只有「號」有「哭」義。

教育部推薦河洛話用字中：「吼，音讀háu（ㄏㄠ2），對應華語：哭、叫，用例：愛吼、鳥仔咧吼，異用字：哮」。對應華語部分，「哭」字應去除，異用字部分則應增「號」字，而後再另增「號」字條，音讀háu（ㄏㄠ2），對應華語「哭」。

雖韻書注「號」讀五或七調，口語卻讀二調（與「號」的北京話讀音相同），且詞例斑斑，如成詞號叫、號哭、號寒、號啼……等，列子黃帝：「帝登假，百姓號之，二百餘年不輟」，楊顯之酷寒亭第一折：「你家裡哭去，張著大口號什麼」，以上「號」都白讀háu（ㄏㄠ2），都是指哭。

孝呆、枵呆【好呆】

呆，愚蠢也，河洛話單說「呆」，或說「戇呆【「戇」讀gōng（ㄍ'ㄛㄥ7）】」、「憨呆【「憨」讀khám（ㄎㄚㄇ2）】」、「笨呆」、「癡呆」，也有說「孝呆hàu-tai（ㄏㄠ3-ㄉㄞ1）」。

寫做「孝呆」明顯不宜，孝，善事父母也，能繼先人之志也，居喪也，保母也，謚法之一也，姓也，與「呆」結合而作「孝呆」，難解詞意。

臺灣漢語辭典：「俗以笨而體大為枵呆」，然俗說hàu-tai（ㄏㄠ3-ㄉㄞ1）即呆，無其他指陳，與是否體大無關，且集韻注「枵」讀hiau（ㄏㄧㄠ1），調亦不符。

hàu-tai（ㄏㄠ3-ㄉㄞ1）應作「好呆」，爾雅釋草竹萹蓄郭璞注：「似小藜，赤莖節，好生道旁」，南朝梁簡文帝詩：「柳條恆著地，楊花好上衣」，寒山詩：「聰明好短命，癡騃卻長年」，以上「好」皆表示物性或事理之傾向，餘如好善，傾向美善也；好勇，傾向勇武也；好約，傾向儉約也……，後來進一步作喜愛義。

好呆，傾向呆笨也，即呆，如「他誠好呆」。廣韻：「好，呼到切」，音hò（ㄏㄜ3），俗讀hò^{n}（ㄏㄛ3鼻音），如好玄、好奇；亦讀hàu（ㄏㄠ3），如好色、好燒酒。

0082 孝生【後生】

河洛話稱兒子為「後生hāu-sen（ㄏㄠ7-ㄙㄝ1鼻音）」，有以為「後生」乃泛指所有後生晚輩，概括男與女，所以不能只用來專指兒子（男孩子），而不包括女兒，因此改「後生」作「孝生」，以為我們的家庭倫理觀念一向由兒子【男孩】負責傳宗接代，甚至孝養父母【「養兒防老」之說即源於此】，故稱兒子為「孝生」。

「孝生」非成詞，無所據，乃想當然耳之自撰詞，詞義亦屬自撰之說，尤其「孝」字本調三調，置前變調後應為二調，與河洛話所說口語音不符，「孝生」之說實難服眾【雖後來論者舉「心痛」、「腰痛」、「心安」、「好否」、「按呢」、「好去」、「過去」……等試圖解說置前變調未必是河洛話的必然現象，進而主張「孝生」的「孝」不必變調，讀時仍讀三調，完全符合口語音，其實仍屬自圓之詞】。

河洛話因異讀而得異義乃普遍現象，「後生」即是，「後生」讀hiō-sing（ㄏㄧㄜ7-ㄒㄧㄥ1），泛指後生晚輩；讀hāu-sen（ㄏㄠ7-ㄙㄝ1鼻音），則專指兒子。

河洛話亦稱「後生」為「後的（个）hāu-ê（ㄏㄠ7-ㄝ5）」，古云：「不孝有三，無後為大」，「後」即指兒子，誰說「後生」不能專指兒子？

0083 繫願、下願【許願】

臺灣語典「繫願hē-guān（ㄏせ7-ㄍ'ㄨㄢ7）」條：「則發願。玉篇：繫，約束也；願，望也。謂禱告鬼神以行其願也」。

北京話裡「繫願」並不成詞，但有「繫言」、「繫念」、「繫情」等類似詞，詞構理趣相同，繫，連綴也，指與言、念、情、願有所連綴牽合，若是如此，則「繫願」和「發願」是兩回事，兩者並不相同。

有作「下願」，稱「發願」即許下願望，與「下注」、「下手」同理，乃定下願望。

事實上「發願」不只將願望發出（或定下），重點在有所許諾，即所謂「許願」，中文大辭典：「祈福於神，許獲驗後以物報祭，謂之許願」，與後來的「如願」、「還願」剛好成為三部曲。

「許」白話可讀he（ㄏせ）音，如幾許、三十許的「許」讀hê（ㄏせ5），許是的「許」讀he（ㄏせ1），許願的「許」讀hē（ㄏせ7）。

河洛話的白話語音千變萬化，難以捉摸，唯文義歷久恆常，才是較可靠的依據。

0084 噓唏、噓氣、呵息【呵呬】

人疲倦時，生理反應自然會借深呼吸來供給或補充氧氣，北京話稱為「呵欠」，河洛話說hà-hì（ㄏㄚ3-ㄏㄧ3），有作「噓唏」，阮籍樂論：「噓唏傷氣，寒暑不適，庶物不遂」，隨園詩話補遺：「題畢，噓唏再三，未五日而卒」，史記留侯世家：「戚夫人噓唏流涕」，噓唏，哀嘆貌，又悲哽也，與「呵欠」不同。

有作「噓氣」，韓愈雜說：「龍噓氣成雲，雲固弗靈於龍也」，張翥詩：「鼻端噓氣作飛壒【塔】，舌上彈呪招降龍」，噓氣，吐氣也，亦非「呵欠」。

「噓hi（ㄏㄧ1）」雖可音轉ha（ㄏㄚ1），卻非三調，「呵」才是三調字，廣韻：「呵，呼箇切」，讀hò（ㄏㄜ3），可轉hà（ㄏㄚ3），廣韻：「呵，噓氣」，但是「呵欠」所吐出的是「息」不是「氣」，因此是「呵息」，而非「呵氣」。不過「息」讀入聲sik（ㄒㄧㄍ4）或平聲si（ㄒㄧ1），不讀三調，作「呵息」調不符。

爾雅釋詁：「呬，息也」，注：「今東齊呼息為呬」，廣韻：「呬，虛器切」，讀hì（ㄏㄧ3），河洛話說「呵欠」為hà-hì（ㄏㄚ3-ㄏㄧ3），應作「呵呬」。

三十個【三十許】

河洛話的單位詞ê（せ5）【或說hê（ㄏせ5）】，寫法不一而足，有作「員」、「個」、「箇」、「介」、「亇」、「个」、「兮」等，俗則多作「個」。

單位詞ê（せ5），其實亦可作「許」，如「幾許」即「幾個」，韓愈桃源圖詩：「當時萬事皆眼見，不知幾許猶流傳」；如「三十許」即「三十個」。

「三十許」的「許」讀hê（ㄏせ5），是確定語詞，表數量剛好三十，造句如「班上的學生有三十許」；若「許hê（ㄏせ5）」ㄚ化，讀成hia（ㄏㄧㄚ1），便成為不確定語詞，表示數量在三十左右，如「他看起來年紀大概是三十許」；這是河洛話異讀而得異義的現象。

這種異讀而得異義的例子很多，例如「後日」，口語「後」不變調，「日」輕讀，表示「後天」；若「後」變三調，「日」不變調，則表示「以後」；例如「舅仔」，口語「舅」不變調，「仔」輕讀，表示「母舅」；若「舅」變三調，「仔」不變調，表示「妻舅」。

0086 水斝、瓠匜【水匊、瓠桸】

早期臺灣民間較常見的舀水器以「水斝仔tsuí-kóng-á（ㄗㄨㄧ2-ㄍㄛㄥ2-ㄚ2）」、「匜hia（ㄏㄧㄚ1）」為最常見。

說文：「斝，玉爵也」，集韻：「斝，舉下切，音賈」，讀ká（ㄍㄚ2），音義皆與舀水勺有別，其實「水斝仔」宜作「水匊仔」，「匊」為舀物器，本音kiok（ㄍㄧㄛㄍ4），音轉kńg（ㄍㄥ2），如米匊、一匊米；亦音轉khok（ㄎㄛㄍ4），如一匊米；音轉kóng（ㄍㄛㄥ2），如水匊仔、一匊米。

「匜」从匚也聲，可讀hia（ㄏㄧㄚ1），說文：「匜，似羹魁，柄中有道，可以注水酒」，段注：「可使勺中水酒自柄中流出，注於盥槃及飲器也」，與民間舀水勺其實並不相同，故將舀水器hia（ㄏㄧㄚ1）寫做「匜」，並不妥當。

hia（ㄏㄧㄚ1）宜作「桸」，類篇：「桸，勺也」，漢語大詞典：「桸杓，舀水的勺子」，「桸」音hi（ㄏㄧ1），音轉hia（ㄏㄧㄚ1），如瓠瓜殼製成的「瓠桸pû-hia（ㄅㄨ5-ㄏㄧㄚ1）」、鱟魚殼製成的「鱟桸hāu-hia（ㄏㄠ7-ㄏㄧㄚ1）」。

0087 遐遮【彼兹】

北京話的「我們」、「你們」、「他們」，比河洛話的「咱【或吾】」、「尔【或您】」、「尹」來得科學，來得簡明【見0148篇】。北京話的「這裡」、「那裡」，也是。

河洛話說「這裡」為tsia（ㄐㄧㄚ1），一般寫做「遮」，說「那裡」為hia（ㄏㄧㄚ1），一般寫做「遐」。

通俗篇語詞：「這箇，這亦作遮」，東坡續集偈：「遮箇在油鐺，不寒亦不熱」，王安石擬寒山拾得詩：「擾擾受輪迴，祇緣疑遮箇」，「遮」表示「這裡」，有根有據，有典有實，故可行。倒是「遐」引遙遠義借作「那裡」，沒「遮」字貼切。

其實tsia（ㄐㄧㄚ1）可作「兹」，乃「這兒tse-a（ㄗㄝ1-ㄚ1）」的合讀音【或「此兒tshí-a（ㄑㄧ2-ㄚ1）」的合讀音】，hia（ㄏㄧㄚ1）可作「彼」，為「彼兒he-a（ㄏㄝ1-ㄚ1）」的合讀音。

如果取法北京話做法，tsia（ㄐㄧㄚ1）作「這兒」，hia（ㄏㄧㄚ1）作「彼兒」，雖一音卻寫成兩字【因為是合讀音的緣故】，似乎就科學多了。

0088 興牛【撼牛、喊牛】

現今農耕牛越來越少，牧牛的生活變得遙不可及，彷若隔世一般。

牧牛生活中，「放牛」吃草，「趕牛」回家，是極常見的事。

有時還要「牽牛」去膏浴【即泡泥巴澡，河洛話讀做kō-ik（ㄍㄜ7-ㄧㄍ8）】，牛向來喜愛膏浴，一膏浴沒完沒了，往往得大費周章才能順利的「hiàm-gû（ㄏㄧㄚㄇ3-ㄍ'ㄨ5）」離開泥池哩。

hiàm-gû（ㄏㄧㄚㄇ3-ㄍ'ㄨ5）即使牛起身，有寫做「興牛」，說文：「興，起也，从舁同」，「同」象物件，謂以四手架起物件，故使牛起身稱「興牛」，「興hìng（ㄏㄧㄥ3）」上古音讀hiàm（ㄏㄧㄚㄇ3）。

語言是活的，文字也是活的，一個年代往往有一個年代的用字，從汝、女、爾、乃、而、若、你，都作第二人稱詞「你」，即可見一斑。「興牛」是古典寫法，後代的寫法則有「撼牛【亦作撼牛】」、「喊牛」，前者動手「搖撼」牛隻，後者動口「喊叫」牛隻，目的一致，都是為了使牛起身。

奶仔獻【奶仔臭】

河洛話說「味道」為「味bī（ㄅˊㄧ7）」，說「氣味」為「hiàn（ㄏㄧㄢ3）」，有作「獻」，指獸肉之腥臊氣味，漢儒不察，言「獻」乃祭犬於宗廟，事實祭宗廟用牛羊豕，不用犬。惟「獻」作氣味解，未見用例。

hiàn（ㄏㄧㄢ3）宜作「臭」，名詞讀hiù（ㄏㄧㄨ3），語音轉hiàn（ㄏㄧㄢ3）【由台北來的「由iû（ㄧㄨ5）」俗就轉讀ân（ㄢ5）】，臭乃氣之總名，通於鼻者也，無香穢之別。動詞讀phī（ㄆㄧ7），即聞，正字通：「臭與嗅齅通」，讀如齅phī（ㄆㄧ7）。狀詞讀tshàu（ㄘㄠ3），專指惡氣，與香反。

「臭hiàn（ㄏㄧㄢ3）」即氣味，無香穢之別，屬中性詞，如老人臭、油垢臭、紅菜頭仔臭、奶仔臭【乳臭未乾的「乳臭」】，禮記月令：「孟眷之月，其味酸，其臭羶」，史記高祖本紀：「是口尚乳臭，安當吾韓信」，易繫辭：「同心之言，其臭如蘭」，詩大雅：「上天之載，無聲無臭」，世言「臭味相投」，以上「臭」字都指氣味，而不指香臭的臭味，口語都白讀hiàn（ㄏㄧㄢ3）。

0090 現出、顯出【見出】

在河洛話裡，「現」、「顯」是兩個麻煩字。

「現」可讀二音，一讀hiān（ㄏㄧㄢ7），如出現，一讀hiàn（ㄏㄧㄢ3），如現出，音二讀，義卻相近。

「顯」亦可讀二音，一讀hián（ㄏㄧㄢ2），如顯出，一讀hiàn（ㄏㄧㄢ3），如顯原形，音二讀，義亦相近。

「現」、「顯」都讀hiàn（ㄏㄧㄢ3）時，彼此間亦難分辨，因「現」作顯現、呈現、示現解，「顯」作顯露、顯現解，音同義近。所以，在「現」、「顯」都讀hiàn（ㄏㄧㄢ3）時，不妨寫做「見（古通現）」，一來解決「現」、「顯」混淆的窘境，二來也不會增添「見」字的麻煩。

如果訂音「現hiān（ㄏㄧㄢ7）」、「顯hián（ㄏㄧㄢ2）」、「見hiàn（ㄏㄧㄢ3）」、「獻hiàn（ㄏㄧㄢ3）」，則「現身【現今之身】」、「顯身」、「見身」、「獻身」等四個詞的區隔便判然可分，「現出【現今所出】」、「顯出」、「見出」、「獻出」亦明矣。

0091 好賢【好玄】

「好賢」一詞讓人想到的是見「賢」思齊，是禮「賢」下士，「好」當動詞，作喜愛解，「賢」即賢能之士，「好賢」謂心儀賢能之士。

「好賢」的河洛話讀hòⁿ-hiân（ㄏㄛ3鼻音-ㄏㄧㄢ5），河洛話稱人「偏好新奇物事」或「好奇心強烈」也說hòⁿ-hiân（ㄏㄛ3鼻音-ㄏㄧㄢ5），剛好同音，故臺灣語典卷二：「好賢，謂好事也。說文：賢，多才也。謂好露其才也」，連氏之說欠妥，因為「好賢」與「好事」是兩回事，不宜混談。

「好事」之hòⁿ-hiân（ㄏㄛ3鼻音-ㄏㄧㄢ5）宜作「好玄」，即喜愛玄奇物事，亦即所謂的「好奇」，是因貪愛玄奇而致好事，與「好露其才」無關。

老子：「玄之又玄，眾妙之門」，顏延之五君詠向常侍詩：「探道好淵玄，觀書鄙章句」，高啟夏夜起行詩：「欲推理亂象，天道幽且玄」，三千里江山第十八段：「【劉福生】有一回夢見會飛了……才要落地，腿一蹬，又起來了，你說玄不玄」，韓愈進學解：「紀事者必提其要，纂言者必鉤其玄」，玄，神奇也，玄妙也。

0092 熊水、焚水【煬水】

燃燒與「火」有關，河洛話說「燒而炊之」為hiâ^{n}（ㄏㄧㄚ5鼻音），應為「火」部字。

有作「熊」，引徐灝說「熊之本義為火光，西山經曰『其光熊熊』……此當從火，能聲」，則「熊」當為狀詞，非動詞，觀諸典籍用例，「熊」多用作動物、姓氏或火光，未見作「燒而炊之」之用例。

有作「焚」，說文：「焚，燒田，从火林」，若明確言之，焚，燒且毀之也，非燒而炊之，與hiâ^{n}（ㄏㄧㄚ5鼻音）異，如焚車、焚帛、焚書，即將車、帛……燒毀。

hiâ^{n}（ㄏㄧㄚ5鼻音）宜作「煬」，莊子寓言：「舍者避席，煬者避竈」，釋文：「煬，炊也」，戰國策魏策：「……若竈則不然，前人之煬，則後之人無從見也」，注：「一人煬則蔽竈之光」，煬，燒炊也。

廣韻：「煬，與章切」，讀iông（ㄧㄛㄥ5）、iâng（ㄧㄤ5）、iâ^{n}（ㄧㄚ5鼻音），後加h（ㄏ）聲化讀做hiâ^{n}（ㄏㄧㄚ5鼻音）。

欣羡、歆羡【興羨】

「歡喜」是人對美好事物的情緒反應，「羨慕」則是心理反應，河洛話稱「羨慕」為「欣羨him-siān（ㄏㄧㄇ1-ㄒㄧㄢ7）」，又是「欣【歡喜】」又是「羨【羨慕】」，兼含情緒反應與心理反應，很有意思。

南朝宋王景文自陳求解揚州：「久懷欣羨，未敢干請」，明馮夢龍挂枝兒眼里火：「眼覷著俏冤家，不由人欣羨」，太平天國楊秀清果然中心詩：「欣羨吾儕弟妹們，忠貞一片實堪欽」。

him-siān（ㄏㄧㄇ1-ㄒㄧㄢ7）亦可作「歆羨」，作愛慕義，詩大雅皇矣：「帝謂文王，無然畔援，無然歆羨」，晉張協七命：「斯人神之所歆羨，視聽之所煒曄也」，金王若虛王氏先塋之碑：「使夫來者顧瞻想象，歆羨而咨嗟」。

him-siān（ㄏㄧㄇ1-ㄒㄧㄢ7）亦可作「興羨」，作興起羨慕之心解，梁書沈約傳：「不興羨於江海，聊相忘於余宅」，「興hing（ㄏㄧㄥ1）」可音轉him（ㄏㄧㄇ1）。

「欣羨」、「歆羨」、「興羨」義近，皆成詞，皆可用。

0094 幸酒【興酒】

北京話有破音字，河洛話也有，它不是文白異讀問題，而是不同的讀法具有不同的意義，例如「興」字，北京話讀ㄒㄧㄥ，如興建、復興；讀ㄒㄧㄥˋ，如興趣、酒興；相對於河洛話則讀hing（ㄏㄧㄥ1），如興建、復興；讀hìng（ㄏㄧㄥ3），如興酒、興賭。

「興」字讀hìng（ㄏㄧㄥ3）時，一作比喻解，如詩有六義曰：「風雅頌賦比興」，集傳：「興者，先言他物，以引起所詠之詞也」；二作興致解，如晉書王徽之傳：「乘興而來，盡興便返」，王勃滕王閣序：「興盡悲來」；三作情慾解，如馮夢龍掛枝兒性急：「興來時，正遇我乖親過，心中喜，來得巧，這等著意哥」；四作喜歡解，如禮記學記：「不興其藝，不能樂學」。

河洛話說喜愛杯中物為「興酒」、「興燒酒【或作興觴酒】」，亦可作「幸酒」，漢書武帝紀：「帝為太子，好經書，寬博謹慎，其後幸酒，樂燕樂」，注：「幸酒，好酒也」，按「幸hīng（ㄏㄧㄥ7）」在此讀hìng（ㄏㄧㄥ3），應誤寫「興」所致。

僥倖、梟雄【梟行】

「僥倖hiau-hīng（ㄏㄧㄠ1-ㄏㄧㄥ7）」意指分外之幸運，如「僥倖哦！買一張彩券得一億獎金」，與徼幸、徼倖、儌倖同，北京話亦有此詞，詞義相同。

一個人負心、背德，河洛話也說hiau-hīng（ㄏㄧㄠ1-ㄏㄧㄥ7），作「僥倖」當然不宜，俗有作「梟雄」。

「梟雄」讀做hiau-hiông（ㄏㄧㄠ1-ㄏㄧㄛㄥ5），謂凶狡強悍之雄桀，三國志吳志魯肅傳：「劉備天下之梟雄」。按「梟」係惡鳥名，忘恩而食母，為負心背德之輩，說文：「梟，不孝鳥也，故日至捕梟磔之」。因有說「雄」可讀hîng（ㄏㄧㄥ5），如雄黃、鴨雄聲，故hiau-hīng（ㄏㄧㄠ1-ㄏㄧㄥ7）可作「梟雄」，惟此說無據，一來梟雄非必然負心背德，二來「雄」讀五調，不讀七調，調不合。

「如梟之心」曰「梟心」，「如梟之性」曰「梟性【「性」讀三調，調不符）】」，「如梟之行迹」曰「梟行」，集韻：「行，下孟切，言迹也」，讀hīng（ㄏㄧㄥ7）【道行的「行」亦讀此音】，「梟心」、「梟性」、「梟行」皆作負心背德解，只有「梟行」音合。

0096 雄雄【遑遑】

相信大家都曾聽過類似以下的話：「你一聲不響走出來，害我雄雄【或「熊熊」】嚇一跳」，這可是一句如假包換的臺灣國語。

「雄雄」的河洛話讀做hiông-hiông（ㄏㄧㄛㄥ5-ㄏㄧㄛㄥ5），而河洛話說「突然」也是hiông-hiông（ㄏㄧㄛㄥ5-ㄏㄧㄛㄥ5），故產生新的臺灣式北京話便將「雄雄」套在hiông-hiông（ㄏㄧㄛㄥ5-ㄏㄧㄛㄥ5）這個語詞上，其實「雄」作宏大義，疊用兩個「雄」，極宏大也，與「突然」毫無相關！

hiông-hiông（ㄏㄧㄛㄥ5-ㄏㄧㄛㄥ5）的河洛話宜作「遑遑」，一來「遑」字含有「急」義，形容「匆遽」的樣子，與「突然」同義，說文新附：「遑，急也」，後漢書鄧禹傳：「長安吏人，遑遑無所依」，陶淵明歸去來辭：「胡為遑遑欲何之」，遑遑，心不定貌，亦匆遽貌；二來「遑」字帶聲根「皇hông（ㄏㄛㄥ5）」，可音轉hiông（ㄏㄧㄛㄥ5）。

從音義來說，「突然」的河洛話寫做「遑遑」才是正寫。

0097 翕相【吸相】

相傳照相機剛傳入中土之時，人們十分忌諱【甚至害怕】照相，以為照相機不但吸人影像，還吸人魂魄，拍照會被吸走三魂七魄，十分可怕。

河洛話為外來物品命名時，其功能用途是重要參考，照相機會「吸」人影「像」，故名「吸像機」，後寫為「吸相機」。

廣韻：「吸，許及切」，可讀khip（ㄎㄧㄅ4），如呼吸、吸石（磁石）、吸風【以吸罐吸風濕】；可讀hip（ㄏㄧㄅ4），如吸相、呼吸、吸石、吸風；甚至音轉讀sip（ㄒㄧㄅ4），如吸一杯【喝一杯】、吸一喙【喝一口】。

照相俗有作「翕相」，廣韻：「翕，許及切，音吸」，亦讀khip（ㄎㄧㄅ4）和hip（ㄏㄧㄅ4）兩音，說文通訓定聲：「翕，假借為吸」，馬瑞辰傳箋通釋：「翕、吸音同通用」，故「翕相」同「吸相」，但「吸相」通俗易懂，優於「翕相」。

其實「吸像【「像」讀siōng（ㄒㄧㄛㄥ7）】」與「吸相【「相」讀siòng（ㄒㄧㄛㄥ3）】」聲調不同，日常口語「吸像」、「吸相」都有人說，但卻都說「相片」，不說「像片」。

0098 彼職【彼即】

北京話的「這」可讀「ㄓㄜˋ」、「ㄓㄟˋ」、「ㄓㄜㄦˋ」，「那」可讀「ㄋㄚˋ」、「ㄋㄟˋ」、「ㄋㄜㄦˋ」，除本音「ㄓㄜˋ」和「ㄋㄚˋ」外，「ㄓㄟˋ」和「ㄋㄟˋ」其實是本音與「一」連讀合音的結果，「ㄓㄜㄦˋ」和「ㄋㄜㄦˋ」則是本音與「兒」連讀合音的結果。

河洛話的「tse（ㄗㄝ1）」和「he（ㄏㄝ1）」也一樣，和「兒a（ㄚ1）」連讀即成「這兒【或此兒】tsia（ㄐㄧㄚ1）」、「彼兒hia（ㄏㄧㄚ1）」；和「一it（ㄧㄉ4）」連讀即成「這一【或此一】tsit（ㄐㄧㄉ4）」、「彼一hit（ㄏㄧㄉ4）」。

兩字確實可合讀成一音，但卻很難寫成一字，若是將「你過來」寫做「你怪」，「此當時」寫做「將時」，「彼當時」寫做「向時」，「早起時」寫做「宰時」，「夜昏時」寫做「英時」，實在很難看懂。俗將「這兒」作「遮」，「彼兒」作「遐」，「這一」作「職」，「彼一」作「彼」，倒不如仿北京話寫法，寫做「這tse（ㄗㄝ1）」、「彼he（ㄏㄝ1）」、「這兒tsia（ㄐㄧㄚ1）」、「彼兒hia（ㄏㄧㄚ1）」、「這一tsit（ㄐㄧㄉ4）【或作「即」】」、「彼一hit（ㄏㄧㄉ4）」，既科學又清晰易懂。

咻【揮、孩】

字彙：「咻，水去也」，河洛話保留此說，如「雨傘有水不當烏白咻（雨傘有水不要亂甩）」、「咻芳水（灑香水）」，「咻」讀hiù（ㄏ一ㄨ3）。

亦有將hiù（ㄏ一ㄨ3）寫做「揮」，作甩動義，如揮汗、揮淚、揮袖，集韻：「揮，吁運切，音訓hùn（ㄏㄨㄣ3）」，可轉hìn（ㄏ一ㄣ3）、hìⁿ（ㄏ一3鼻音），進而音轉hiù（ㄏ一ㄨ3）。廈門音新字典記錄早期臺灣河洛話語音時即說：「hiù（ㄏ一ㄨ3）=hìⁿ（ㄏ一3鼻音）」。

hiù（ㄏ一ㄨ3）亦可作「孩」，孩，甩動也，如孩千秋（盪鞦韆），「孩」可讀hàiⁿ（ㄏㄞ3鼻音）、hiù（ㄏ一ㄨ3）、hìⁿ（ㄏ一3鼻音）三個音。

「咻」从水，限用於與液體相關者，如咻芳水、咻汗、咻水、咻墨水、咻鼻水、藥水烏白咻。

「揮」、「孩」是手部字，只要是出自手部動作的皆可用，不管與液體有無相關，運用面較廣，如孩千秋、孩筆、孩手【以上「孩」亦可作「揮」，惟揮筆、揮手易生歧義，較不佳】。

0100 會向、會響【會仰】

說到男人舉與不舉【性功能正常或不正常】，河洛話有特殊說法，「舉」稱為ē-hiú^{n}（ㄝ7-ㄏㄧㄨ2鼻音），「不舉」稱為bē-hiú^{n}（ㄅㄝ7-ㄏㄧㄨ2鼻音）。

有作「會向」、「艙向」，言能或未能舉而相向，藉以言舉或不舉，廈門音新字典注「向」音hiú^{n}（ㄏㄧㄨ2鼻音），只是「向」應讀去聲三調，不讀二調，且作「舉而相向」義純屬自揣之說，難以服眾。

有作「會響」、「艙響」，言能或不能具其聲勢，藉言舉或不舉，廈門音新字典注「響」音hiú^{n}（ㄏㄧㄨ2鼻音），音可行，但作「舉而具聲勢」義亦屬自揣之說。

ē-hiú^{n}（ㄝ7-ㄏㄧㄨ2鼻音）應作「會仰」，bē-hiú^{n}（ㄅㄝ7-ㄏㄧㄨ2鼻音）應作「艙仰」，說文：「仰，舉也」，廣雅釋詁一：「仰，舉也」，廣韻：「仰，魚兩切」，讀hióng（ㄏㄧㄛㄥ2）、hiáng（ㄏㄧㄤ2），與「響」音同，口語可轉hiú^{n}（ㄏㄧㄨ2鼻音）【其實「兩」俗白讀níu（ㄋㄧㄨ2），魚兩切可讀hiú^{n}（ㄏㄧㄨ2鼻音）】，會仰，能舉也，即性功能正常；艙仰，不能舉也，即性功能有障礙；音義吻合，才是正寫。

方物件【分物件】

「方」可讀hong（ㄏㄛㄥ1），如方法、方昏【今作黃昏】；可讀png（ㄅㄥ1），如方先生；可讀hng（ㄏㄥ1），如藥方、漢方。

不可方物的「方物」，文讀hong-bu̇t（ㄏㄛㄥ1-ㄅ'ㄨㄉ8），白讀hng-mi̇h（ㄏㄥ1-ㄇㄧㄏ8），也就是「方物件hng-mi̇h-kiā^{n}（ㄏㄥ1-ㄇㄧㄏ8-ㄍㄧㄚ7鼻音）」，即「將物件『方hng（ㄏㄥ1）』出來」，「方」作挑揀、過濾、識別、聚集義，就有如「自一堆作品中『方』出佳作」一樣。國語楚語下：「民神雜糅，不可方物」，注：「方，猶別也」，易繫辭上：「方以類聚，物以群分」，其實「方hng（ㄏㄥ1）」兼含識別與類聚兩義。

「方物件」亦可作「分物件」，「分hun（ㄏㄨㄣ1）」即分類、識別，可音轉hng（ㄏㄥ1），向來韻部un（ㄨㄣ）、ng（ㄥ）可互轉，如頓、門、損、昏、囷……等。

同一詞異讀可得異義，「分物件」的「分」，讀hun（ㄏㄨㄣ1），作分別義；讀pun（ㄅㄨㄣ1），作求取義；讀hng（ㄏㄥ1），作挑揀、過濾、識別、聚集義。

0102 烏番【烏昏】

河洛話說ơ-hng（ㄛ1-ㄏㄥ1），義有三，其一，指一種蛇，作「王虺」，楚辭大招：「山林險隘，虎豹蜿只，鰅鱅短狐，王虺騫只」，王逸注：「王虺，大蛇也」，如「他獵著一尾王虺蛇」。

其二，指帶黑的一種顏色，作「烏熏」，言如遭火熏一般而呈烏黑，說文：「黑，北方色也，火所熏之色也」，「熏hun（ㄏㄨㄣ1）」可轉hng（ㄏㄥ1），如「因為年久月深，壁堵帶烏熏色」。

其三，指一種陰沉而沉默寡言的性情，有作「烏番」，或因烏番渾沌不開，晦暗不明，遂引伸取義，以狀「陰沉」，然「烏番」是標準名詞，俗指「皮膚黝黑之番族」，不但易生歧義，且恐有種族歧視之疑慮，故「烏番」宜作「烏昏」，「烏」、「昏」皆指光色不明，陰森晦暗，藉以引伸「陰沉」之性情，「昏hun（ㄏㄨㄣ1）」可轉hng（ㄏㄥ1），如「昨的昏」、「今的昏」的「的昏」即讀做ê-hng（ㄝ5-ㄏㄥ1），例句如「他個性烏昏，朋友無幾許【「許」讀hê（ㄏㄝ5）】」。

0103 好【可】

「好」是一個含有強烈狀詞屬性的字，如好人、好書、好茶、好天氣等，「好」字皆為狀詞，作美、善、精之義。

有時「好hó（ㄏㄜ2）」不作狀詞，而作輕許之詞，如三國志魏志李勝傳：「好建功勳」，韓愈左遷至藍關示姪孫湘詩：「知汝遠來應有意，好收吾骨瘴江邊」，京本通俗小說碾玉觀音：「郡王道：好！正合我意」，水滸傳第卅七回：「宋江連忙扶住道：少敘三杯如何？薛永道：好，正要拜識尊顏」，以上「好」其實就是「可hó（ㄏㄜ2）」，可見「好」、「可」混用已久，今人習焉不察，喜用「好」而不用「可」，以為「可」音khó（ㄎㄜ2），不知「可」亦音hó（ㄏㄜ2），為輕許之詞。

這使得一些問題詞層出不窮，而吾人卻偏又茫然不知，如「物件好食否【東西好不好吃】」與「物件可食否【東西可不可以吃】」、「衫的樣式好否【衣服樣式好不好】」與「衫的樣式可否【衣服樣式可不可以】」、「你好去矣【你好好去吧】」與「你可去矣【你可以去了】」，音雖相同，義卻不同，不能不辨。

0104 好勢、可勢【否勢】

河洛話「hó-sè（ㄏㄜ2-ㄙㄝ3）」，一般泛指環境條件有利，後引伸舒適、妥善、正常……等積極意涵。韓非子：「因可勢，求易道，故用力寡，而功名立」，可勢，許可之勢也，即有利之勢，「可」口語讀hó（ㄏㄜ2），如適可、不可……等，不過俗多將「可勢」寫做「好勢」，取優好之勢，音義亦可行。

但「好勢」也有消極用法，令人困擾。如「這下好勢矣」，好勢，大勢已去也，臺灣漢語辭典作「休勢」，取氣勢休止義，周禮考工記弓人：「蹙於剒而休於氣」，注：「休，讀為煦hú（ㄏㄨ2）」。

其實「好」等同「可」，「不好」等同「不可」，亦即「否」，「可否」自古反義，「可運」、「可勢」相對於「否運」、「否勢」，「否」俗讀pháiⁿ（ㄆㄞ2鼻音）。

不過「否」亦讀hó͘（ㄏㆦ2），如否認，音與「好【可】」同，則「這下好【可】勢矣」即這下子好了，「這下否勢矣」即這下子完了，兩句話音一樣，意思卻相反；又如「他早時人好勢好勢，中晝煞【遂】否勢去」，好勢，健康也，否勢，死亡也。

0105 好加再、好佳哉【呵佳哉、呼佳哉】

有論者以為「好佳哉」一詞：好，佳，疊意，哉tsài（ㄗㄞ3）音不對，該詞之運用乃原先不好，後來幸虧轉好，屬受「驚嚇」後再喊出，故宜改作「好加再」。

然，其一，一般說「善哉」、「妙哉」、「奇哉怪哉」、「嗚呼哀哉」等，「哉」口語皆讀三調，且含「才」聲根又與「哉」形近的載、戴亦讀三調，說「哉」口語不讀三調，實欠妥當。再說以上含「哉」諸詞的「哉」亦不能以「再」取代。

其二，「好佳哉」俗亦略說「佳哉」，若略說為「加再」則無「佳」義，與「好佳哉」、「佳哉」不同，論者引人名「鍾加再」、店招「加再嫁妝店」係民間以「佳哉」語音所取之名，非「加再」即「佳哉」。

其三，「好佳哉」既可略說「佳哉」，且「因屬受驚嚇後再喊出」，則「好」宜作發聲詞，如「呵」、「呼」之象聲字，作「呵，佳哉」、「呼，佳哉」，後被讀成「呵佳哉」、「呼佳哉」，與「嗚呼，哀哉」被讀成「嗚呼哀哉」情況一樣。

故「佳哉」、「呵佳哉（呼佳哉）」為佳，「好佳哉」次之，「好加再」更次之。

0106 病好【病可、病癒】

趙長卿訴衷情：「瘡兒可後，痕兒見在」，董西廂三：「瘦得渾如削，百般醫療終難可」，南史王茂傳：「遇其臥，因問疾，茂曰：『我病可耳』」，張鷟朝野僉載卷一：「泉州有客盧元欽染大瘋……遂取一截蛇肉食之，三五日頓漸可，百日平復」，董西廂諸宮調卷一：「這些病何時可？待醫來卻又無箇方本」，端正好相憶套曲：「莫說道喚不醒呆莊周蝴蝶夢甜，爭知道醫不可癡情女揶揄病染」，徐榜濟南紀政回生：「徐生病可，述其事告太守」。

以上諸「可」字皆白讀hó（ㄏㄜ2），作病癒的「癒」解，「病可」即「病癒」，不過俗多作「病好」（北京話也是），「好」係狀詞，前冠名詞如「身體好」、「頭殼好」、「花好月圓」、「腳好手好」，用法與「病好」明顯不同，「病好」的寫法怪怪的。

其實「癒」亦可白讀hó（ㄏㄜ2），以「俞」為聲根的字，獨「偷」字讀法特殊，音thau（ㄊㄠ1）、tho（ㄊㄜ1），「癒」口語讀hó（ㄏㄜ2）並不突兀。

俗說「病好」，其實宜作「病可」、「病癒」。

0107 都好【適可、適好】

剛好、正好的河洛話說tú-hó（ㄉㄨ2-ㄏㄜ2），臺灣語典作「都好」，其卷二：「都好，呼誅好；正音也。謂事與時之適好也」。

「都」作名詞，為地理詞彙，如東京都；作動詞，有聚合義，如都做一夥；複詞作總解，如腹肚枵食啥都好；狀詞則等同美，如麗都。「都好」應作全部皆好解，口語讀to-hó（ㄉㄜ1-ㄏㄜ2），與「剛好」不同。何況「都」根本不讀二調。

其實連氏：「謂事與時之適好也」，「適好」即剛好，就讀做tú-hó（ㄉㄨ2-ㄏㄜ2）。「適好」古說「適可」，即「適可而止」的「適可」，「適可而止」換成河洛話口語，就是「適可乃可tú-hó-lō-hó（ㄉㄨ2-ㄏㄜ2-ㄌㄜ7-ㄏㄜ2）」。

按一般含「啇」聲根的形聲字，河洛話口語可讀ti（ㄉㄧ）、tu（ㄉㄨ）的音，如滴、敵、嘀、嫡、鏑、甋、樀。

古書虛字集釋九：「適，猶正也」，故「適好」即「正好」。按「適」亦作遇解，文選班彪王命論：「以為適遭暴亂」，注：「適，猶遇也」，河洛話即說tú（ㄉㄨ2）。

0108 山河【山豪】

早期農業時代廍動（甘蔗收成，糖廍開始運作）時節，是捕捉田鼠的好時機，河洛話稱田鼠為sua^{n}-hô（ㄙㄨㄚ1鼻音-ㄏㄜ5）；在民間食物療方中有白索仔頭燉山鼠肉，聽說可治腳氣病，河洛話亦稱山鼠為sua^{n}-hô（ㄙㄨㄚ1鼻音-ㄏㄜ5）。

sua^{n}-hô（ㄙㄨㄚ1鼻音-ㄏㄜ5）不宜作「山河」，應作「山豪」。

「豪」字从豕高省聲，本指豪豕【豪豬】，其毛如笄而端黑，說文寫說其「鬣如筆管」，山海經注：「能以脊上豪射物」，看來是一種體毛粗硬如刺的豬，活動於原野者稱「野豬iá-ti（ㄧㄚ2-ㄉㄧ1）」，於山上者稱「山豬sua^{n}-ti（ㄙㄨㄚ1鼻音-ㄉㄧ1）」，但不稱「野豪」或「山豪」。

「豪」後來亦稱人物，稱才過十人、百人、千人者，如豪傑、豪士，「山豪」亦人物也，後漢書西羌傳：「招引山豪，轉相嘯聚」，山豪即山中盜賊，與今稱偷盜山林者為「山老鼠」，道理一樣。

山豪，於人物即山賊，於動物即山鼠，乃鼠之大者，咬齧破壞，猶山中之賊也。

0109 荒騷【風騷】

臺灣語典卷四：「荒騷，謂好遊也。孟子：流連忘反謂之荒。註：荒，無厭也。玉篇：騷，動也」，「荒騷」讀做hong-so（ㄏㄛㄥ1-ㄙㄜ1），好遊也，俗多作「風騷」，連氏或以為「風騷」無好遊義，故不作成詞「風騷」，而作「荒騷」，寫法卻因此反而顯得侷限，且捨通俗平易而趨怪奇，並非合宜之舉。

hong-so（ㄏㄛㄥ1-ㄙㄜ1）宜作「風騷」，按「風騷」詞義繁複，一指詩中之國風與楚辭中之離騷；二借指詩文；三借指文采；四指風流浪蕩，俗亦引申好遊，醒世恆言：「那老兒雖然風騷，到底老人家，只好虛應故事，怎能勾滿其所欲」；五指風流浪蕩之人，李漁憐香伴：「他出這等風致題目，一定是個老風騷」；六指風情；七指體態俊美，紅樓夢第三回：「身量苗條，體格風騷」。八指風光、光采，梨園戲陳三五娘：「上元景，好風騷，燈如花，月如鑼」。

臺灣語典所謂「荒騷」即上述第四義，故實在無須避寫「風騷」，而另作「荒騷」，造句如「你四界風騷，莫怪成績退步」、「他一向風騷，開銷誠大」。

0110 蓬萊米【皇來米】

蓬萊，海中仙山名也，乃史記秦始皇紀中三神山（指蓬萊、方丈、瀛洲）之一，山海經海內北經：「蓬萊山在海中」，注曰：「上有仙人，宮室皆以金玉為之，鳥獸盡白，望之如雲在渤海中」，此傳說中的「蓬萊仙島」，一向被認為是臺灣島，故「臺灣」素來擁有「蓬萊仙島」之美稱。

雖然這樣，以物產豐富著稱的臺灣，島上琳瑯滿目、不勝枚舉的物產裡頭，被冠上「蓬萊」二字取名的，卻只有「蓬萊米 hông-lâi-bí（ㄏㄛㄥ5-ㄌㄞ5-ㄅ'ㄧ2）」，中文大辭典：「蓬萊米，臺灣產米之一種」。

在臺灣能與蓬萊米相提並論的米，只有臺灣原生米種「在來米」，河洛話「在來」即本來，「在來米」是老天賜予的，臺灣在地的，本來就有的米。

蓬萊米雖以「蓬萊」為名，其實並非臺灣原生種米，它原是日本水稻，一九二〇年由日本農業博士磯永吉引進，於陽明山竹子湖培育成功後在臺灣全面推廣，所以「蓬萊米」或應改作「皇來米」，乃「從日本天皇那裏來的米種」。

展風神【展逢辰】

俗話說「人逢喜事精神爽」，這「人逢喜事」最是春風，或因事業有成，或因升官發財，或因子女成器，總之開朗舒暢，神采奕奕，有的人喜不自勝，將此氣氛刻意渲染，便會被認為是「展風神tián-hong-sîn（ㄉㄧㄢ2-ㄏㄛㄥ1-ㄒㄧㄣ5）」。

顧名思義，「風神」指掌風之神，與雨神、雷神、電神差不多，或許大家以為風神、雨神能呼風喚雨，神通廣大，最神氣，最風光，尤其有呼呼風聲助威，聲勢俱佳，最足以形容人的得意狀，因此把展示得意寫做「展風神」，例如「他四界展風神，一支喙笑微微」。

其實「展風神」不是在展示威風，而是在展現得意，展現一個人適逢喜事時的春風模樣，陳師道九日寄秦觀詩：「登高懷遠心如在，向老逢辰意有加」，顧升瘞琴賦：「生不逢辰兮，人物捐棄；音徽不遠兮，南山之巔」，花月痕第五回：「生不逢辰，久罹荼苦；死而後已，又降鞠凶」，逢辰，謂遇到好時機也，展現逢辰時之春風得意貌即稱為「展逢辰」，而非「展風神」或「展封神」。

0112 風片【餭片】

臺灣民間有老式食品稱hông-phiàn（ㄏㄛㄥ5-ㄆㄧㄢ3），名甚怪，與「荷人騙【被人騙】」的合讀音幾乎一樣，每成笑談。

hông-phiàn（ㄏㄛㄥ5-ㄆㄧㄢ3）是一種糕餅食品，今用熟秫米粉、糖、香蕉油製成，因多成片狀，故以「片」名，命名道理與「阿片」一樣【阿芙蓉（即罌粟）結青苞時，午後以大針刺其外皮，次早津出，以刀刮下，多成片狀，陰乾用之，釋名稱「阿片」】，俗有作「封片」，無據；亦有作「風片」，僧圓至雪詩：「窗明風片亂，溜凍冰條直」，風片，風陣也，與食品無關。

hông-phiàn（ㄏㄛㄥ5-ㄆㄧㄢ3）宜作「餭片」，玉篇：「餭，乾飴也」，廣雅釋器：「飴，餳也」，說文通訓定聲：「古以芽米熬之成液，今或用大麥為之，再和之以轍則曰餳」，這也就難怪廈門音新字典注「餭」為麥芽膏糖了，不過那是後來的做法【或用大麥為之】，早期以米為之，河洛話保留古義，今仍沿用，如餭片、餭片糕、餭片龜【指做成龜狀的餭片，按「餭」或亦可作「餳」】。

哄兄婆【鳳陽婆】

早期農漁村夜裡偶有娛樂節目演出，大多為歌舞、魔術、武術、特技、講古、賣藥等節目，人稱「康樂隊」，也有稱「王祿仔（疑為「康樂仔」之誤）」、「走街仔」，也有稱hōng-hiâng-á（ㄏㄛㄥ7-ㄏㄧㄤ5-ㄚ2）。

陔餘叢考：「江蘇諸郡，每歲冬，必有鳳陽人來，老幼男婦，成行逐隊，散入村落閒乞食，至明春二三月始回，其唱歌則曰：『家住盧州并鳳陽，鳳陽原是好地方，自從出了朱皇帝，十年倒有九年荒』，以為被荒而逐食也，然年不荒，亦來行乞如故」。

可以想像，鳳陽人三教九流，四處流竄，雜耍者、乞丐、騙者雜廁其間，人稱「鳳陽仔hōng-hiâng-á（ㄏㄛㄥ7-ㄏㄧㄤ5-ㄚ2）」，後來專指雜耍者【鳳陽花鼓即其技藝之一】，「鳳陽丐者」則專指乞丐。

而施巫術謀財之婦人，則稱「鳳陽婆」，有作「哄兄婆」，以為「兄」即呪，以呪哄人之婦人即稱「哄兄婆」。

0114 虎鼻獅【好鼻師】

受日本的影響，時下稱專家為「達人」，其實「達人」乃外銷轉進口的語詞，列子楊朱即曰：「端木叔，達人也」，左傳昭公七年：「聖人有明德者，若不當世，其後必有達人」，葛洪抱朴子：「順通塞而一情，任性命而不滯者，達人也」，班彪北征賦亦曰：「達人從事有儀則兮」，達人，謂知能通達之人。日人衍伸「達人」之義而指「擁有專門技藝者」，吾人不察，以為「達人」是外來語詞。

河洛話稱聞嗅達人為「虎鼻獅hó͘-phīⁿ-sai（ㄏㄛ2-ㄆㄧ7鼻音-ㄙㄞ1）」，如將「鼻【或作鼻】」字名詞動詞化，就成了老虎嗅著獅子，這景象不是不可能，但又與「聞嗅達人」何關？

若改作「虎鼻師」呢？「鼻師」指鼻子嗅覺特別靈敏者，即聞嗅達人，但「虎」字呢？難不成老虎嗅覺特別好，特將「虎」寫進語詞裡。按「嗅【亦作臭】」含「犬」字，因為動物裡頭，狗的嗅覺特別好，至於老虎，就不清楚了。

「好鼻師」才是正寫，指鼻子特好的聞嗅師，音與義皆與口語相符。

話虎爛【話謔讕、話唬讕】

一個人滿口虛誕言辭時，河洛話會說那人在「話山話水【或繪山繪水】」，或說在uē-hó͘-lān（ㄨㆤ7-ㄏㆦ2-ㄌㄢ7），寫法則不一而足，有作「話虎蘭【或繪虎蘭】」，有作「話虎爛【或繪虎爛】」，有作「話虎卵【或繪虎卵，「虎卵」指公老虎的生殖器，俗稱虎鞭】」，寫法雖然多，問題都很大。

臺灣漢語辭典則作「話胡談」、「話虛談」、「話虛誕」、「話荒誕」、「話浮誕」，就詞義而言，要比「話【繪】虎蘭」、「話【繪】虎爛」、「話【繪】虎卵」為佳，但就聲調而言，「胡」、「虛」、「荒」、「浮」皆讀平聲，不讀二調，調不合。

應可作「話謔讕」。話，說也；謔，誑也；讕，逸言也，妄言也，謾語也。按「謔讕」可作名詞，如「話謔讕」；可作狀詞，如「謔讕喙」；可作動詞，如「荷他謔讕去」。說文：「謔，號也，从言虎」，段注：「此與号部號，音義皆同」，可讀二調【「號」作哭義時，讀二調】，廣韻：「讕，郎旰切」，讀lān（ㄌㄢ7），作「唬讕」應亦可，集韻：「唬，下老切」，讀hó（ㄏㄜ2）、hó͘（ㄏㆦ2），也讀二調。

0116 親厚厚【親故故、親好好】

描述人際間十分友好的狀況，如十分親近、十分親密或是十分親切，河洛話稱tshin-hò-hò（ㄑㄧㄣ1-ㄏㄛ3-ㄏㄛ3），臺灣漢語辭典作「親厚厚」，朱浮為幽州牧與彭寵書：「無為親厚者所痛，而為見讎者所快」，漢書嚴延年傳：「延年本嘗與義俱為丞相史，實親厚之」，後漢書楊震傳：「皇后兄執金吾閻顯，亦薦所親厚於震，震又不從」，後漢書王允傳：「但以董公親厚，並尚從坐」，「親厚厚」謂極親近也，義合，但廣韻：「厚，很口切」，讀háu（ㄏㄠ2），俗口語則讀hō（ㄏㄛ7），如忠厚；讀kāu（ㄍㄠ7），如厚薄；不管文讀、語讀，都不讀三調。故「親厚厚」義合，調不合。

其實可作「親故故」，荀子大略：「親親故故，庸庸勞勞，人之殺也」，謂故者無失其為故也，「故」音kò（ㄍㄛ3），可音轉hò（ㄏㄛ3）。

亦可作「親好好」，北史王誼傳：「朕共遊庠序，遂相親好」，任昉詩：「親好自斯絕，孤遊從此辭」，親好，親近友好也。「好」讀hò（ㄏㄛ3），如好奇、好玄。

0117 予【荷】

河洛話寫到動詞hō·（ㄏㄛ7），有時令人混淆，例如「你hō·（ㄏㄛ7）我錢」和「你hō·（ㄏㄛ7）我踢」，這兩句話裡的hō·（ㄏㄛ7），一樣嗎？

若用科學方式分析這兩句，則：

「你hō·（ㄏㄛ7）我錢」表示「錢」自「你」處向「我」處，等於「你給我錢」。

「你hō·（ㄏㄛ7）我踢」表示「踢」自「我」處向「你」處，等於「我踢你」。

同樣是hō·（ㄏㄛ7），竟互為反義，一個表示「給予」，一個表示「承受」。

文字的古典用法雖有一字兼正反義的現象，如美兼醜義，亂兼治義，覆兼露義，面兼背義，勝兼敗義，景兼影義……，但文字衍生過程中，往往正反義用字後來漸生區分，終致判然有別。

故hō·（ㄏㄛ7）兼「給」與「受」二義，應作二字，表示「給予」宜作「予（或與）」，表示「承受【亦即負荷】」宜作「荷（或負）」。

俗說「他踢我」為「他加我踢」、「他給我踢」，與「他荷我踢」相反。

0118 塗豆灰、土豆粉【土豆麩】

「花生」河洛話稱thô͘-tāu（ㄊㄛ5-ㄉㄠ7），一般俗寫「土豆」，不過有人主張寫做「塗豆」，認為thô͘（ㄊㄛ5）應寫「塗」，如塗豆、塗沙、塗炭；而「土」字不讀thô͘（ㄊㄛ5），應讀thó͘（ㄊㄛ2），如土地。

「泥」與「土」等義嗎？當然不等義，泥是泥，土是土，說文新附：「塗，泥也」，可見「塗」與「土」不等義，以「塗」代「土」，做法並不恰當。

廣韻：「塗，同都切」，字彙補：「土，同都切」，兩字發相同的音，那又何必限定「土」讀二調，「塗」讀五調，且以「塗」代「土」，而造出「塗沙」、「塗炭」這樣具有歧義的詞句【按「塗沙」謂塗上沙子，非土沙也；「塗炭」謂塗上黑炭，非土炭也】。

「灰」為火燒後所生之餘燼，可讀hue（ㄏㄨㄝ1），如白灰；可讀hua（ㄏㄨㄚ1），作動詞，如火灰去；可讀hu（ㄏㄨ1），如火灰（即灰燼）；俗將花生粉作「塗豆灰」，意思變成塗上豆子燒成的灰燼，極不妥，有作「土豆粉」，「粉」字調不合，應作「土豆麩」，麩，小麥屑皮也，廣韻：「麩，芳無切，音敷hu（ㄏㄨ1）」。

火化【火灰】

河洛話稱「火滅」為hué-hua（ㄏㄨㄝ2-ㄏㄨㄚ1），不宜作「火化」，荀子正名：「狀變而實無別，而為異者，謂之化」，化，變也，中文大辭典：「陰陽之變，在陰為化；四時之變，秋冬為化」，化，易也，故「火化【「化」宜讀huà（ㄏㄨㄚ3）】」指火燒使物形變，如將屍體火化，將紙張火化，「火化」非火滅。

有作「火枯」，按「枯」从木，本義在言草木現象，而非用於火燭。「枯」之於木，猶「灰」之於火，故木之凋謝稱「木枯」，火之熄滅稱「火灰」。

「火灰」有二讀二義，一讀hué-hu（ㄏㄨㄝ2-ㄏㄨ1【「火」置前變一調，「灰」讀原調）】，指灰燼，作名詞，即釋明釋天所謂：「火死為灰」；一讀hué-hua（ㄏㄨㄝ2-ㄏㄨㄚ1【「火」置前卻不變調，仍讀二調，強調主詞「火」，與「地動」、「心動」、「風吹」、「日曝」……等的讀法類似）】，指火滅，作動詞，如後漢書杜篤傳：「燔康居灰（作燒盡義）珍奇」。

「灰hue（ㄏㄨㄝ1）」音轉hua（ㄏㄨㄚ1），華、花、瓜、掛、過、外……等亦是。禮月令：「毋燒灰」，注：「吳俗謂灰曰烌hu（ㄏㄨ1）」，「灰」亦讀hu（ㄏㄨ1）。

0120 潑水會堅凍【喝水會堅凍、嚇水會堅凍】

東漢年間，曹操為報諸葛亮火燒新野之仇，乃率精兵追殺劉備。到當陽，張飛擋在霸陵橋，大喝：「吾乃燕人張翼德也，誰敢與我決一死戰」，霸陵橋應聲而斷，河水倒流，嚇得夏侯霸肝膽俱裂，墜馬而亡，這就是傳說中張飛「當陽橋前一聲吼，喝斷橋樑水倒流」的故事。

張飛這一「喝」果然非同小可，簡直驚天動地，鬼哭神號。河洛話亦有類似說法，說「喝水會堅凍」，意指能力極強，強到大喝一聲，水隨之凝堅結凍，廣韻：「喝，許葛切」，音hat（ㄏㄚㄉ4），口語讀huah（ㄏㄨㄚㄏ4），作大呵出聲義。

戰國策趙策：「恐喝諸侯，以求割地」，「喝」即「嚇」，廣韻：「嚇，呼格切」，音hik（ㄏㄧㄍ4），口語讀hat（ㄏㄚㄉ4），與「喝」音近。太玄經中亦有「嚇河」之說，即有臞瘠之人欲以口嚇（喝）止河之潰溢（後引申不量力而欲為大事），故作「嚇水會堅凍」應亦可。

俗作「潑水會堅凍【「潑」音phuah（ㄆㄨㄚㄏ4）】」，指天氣寒凍，意思已經不同。

0121 翻勢、犯勢【還似、還說】

好像、可能、或許、說不定，河洛話說huān-sè（ㄏㄨㄢ7-ㄙㄝ3），有作「翻勢」，王禹偁詩：「分題宣險韻，翻勢得仙碁」，意指意想不到之局面。

有作「犯勢【或「為勢」】」，意謂違犯形勢，出人意想。

或可作「還似」，「還」可作虛詞，秦觀水龍吟詞：「名韁利鎖，天還知道，和天也瘦」，花草粹編：「天還有意，不違人願，與箇團圓」，曾覿念奴嬌詞：「嫩紫嬌紅還解語，應為主人留客」，「還」作好像、可能、或許解。

說文：「似，像也」，與「還」同義，「還似」即還，即似，即好像，正韻：「似，相吏切」，讀sì（ㄒㄧ3）、sè（ㄙㄝ3）。

若作「還說」，作可能說、或許說、好像說解，即說不定，用法同「翻勢」、「犯勢」，意謂違犯形勢，出人意想，「說」可讀seh（ㄙㄝㄏ4），如解說，音近sè（ㄙㄝ3），且與sè（ㄙㄝ3）一樣，置前皆變二調。

造句如「天色烏陰，還似【或作還說、翻勢、犯勢】會落雨」。

0122 手按仔【手扞仔、手捍仔】

「仔á（ㄚ2）」是河洛話常見的語尾詞，有時表示「小」，如餅屑仔、雨毛仔、石頭仔；有時表示「可愛」，如新娘仔、阿娘仔、姑娘仔；有時表示「鄙視」，如外國仔、阿本仔、術仔；有時純為語尾助詞，無義，如金仔、銀仔。

「仔」有時用來將語詞人格化，如「屁塞」指塞子，「屁塞仔」指某種下流人物；「白目」形容叛逆，「白目仔」指叛逆者；有時也用來將語詞名詞化，如「腳踏」是用腳踩踏，「腳踏仔」指供腳踩踏的器件。

河洛話說腳踏車手把為tshiú-huā^{n}-á（ㄑㄧㄨ2-ㄏㄨㄚ7鼻音-ㄚ2），與「腳踏仔」詞構相同，是把tshiú-huā^{n}（ㄑㄧㄨ2-ㄏㄨㄚ7鼻音）加á（ㄚ2）名詞化的結果。

動詞huā^{n}（ㄏㄨㄚ7鼻音）意指以手穩住，可作「按」、「扞」、「捍」，三字都作「止」解，即以手控使止穩，廣韻：「按，烏旰切，音案àn（ㄢ3）」，廣韻：「扞，侯旰切，音翰hān（ㄏㄢ7）」，可音轉huā^{n}（ㄏㄨㄚ7鼻音），如單、肝、竿、山、看、乾……，「扞」通「捍」，就音調而言，「手扞（捍）仔」優於「手按仔」。

0123 花【和、譁】

說話不明理，或以不明理之話語與人爭論，河洛話稱hue（ㄏㄨㄝ1），俗多作「花」，然「花」作狀詞時，意指模糊不清、不真實，非「言語不明理」。

有作「和」，作無是非、無分別、無條理、不講理、亂七八糟義，古有一字兼含正反義者，如「亂」兼含治、亂，「美」兼含美、醜，「勝」兼含勝、敗，「和」亦是，兼含和諧、囂鬧，故「和」字可用。【和尚的「和」讀huê（ㄏㄨㄝ5），音亦通】

有作訛、吪、譌，其實三字互通，皆作謬誤義，與「言語不明理」不同。

或應作「譁」，廣韻：「譁，呼瓜切」，文讀hua（ㄏㄨㄚ1），白讀hue（ㄏㄨㄝ1），作狀詞時，同「譌」，作動詞時，囂也。

說文：「譁，讙也」，即言語譊譊，廣韻：「譊，爭也」，「譊」讀nâu（ㄋㄠ5），如「講話譊譊叫」，「讙」讀huan（ㄏㄨㄢ1），如「講話誠讙」，「譁」讀hue（ㄏㄨㄝ1），如「譁每去看電影」，「譊」、「讙」、「譁」皆指說話不明理，或以不明理之話語與人爭論或糾纏，河洛話口語今仍見用。

0124 香幃【香火】

「香煙」至少有四義，一指芳香之煙氣，二指子孫對祖先之奉祀，三指煙絲，四指捲菸。第二義亦作「香禋」，「禋」與祭祀有關，謂子孫借祭祀祈求平安福樂、世裔昌盛，引申作傳承義。第三四義即今癮君子之最愛，河洛話說「薰【菸】」。

「香禋」河洛話亦說「香火hiu^{n}-hué（ㄏ一ㄨ1鼻音-ㄏㄨㄝ2）」，「香火」詞義極多，一指香燭，二指供奉神佛之所，三指子孫祭祀祖先之事，四指點燃香，五指點燃的香，六指主持香火的人，七指誓約結盟時點燃香火，八指信奉佛法共結香火之緣。第三義因與「香禋」合，故「香禋」亦說「香火」。

貫休詩：「香火空王有宿因」，王安石詩：「香火有新緣」，蘇軾詩：「何當來世結香火，永與名山躬井磑」，指的是「香火緣」，即人與神佛或人與人透過香火所締結的抽象緣份【即前述「香火」之第八義】，後來寺廟以香包與信徒結緣，將此抽象緣份具象化，亦稱「香火」，如「香客向廟寺討香火，將香火掛於頷頸」。

有將香囊、香包寫做「香幃」，幃，囊也，義可通，但「幃」讀平聲，調不合。

0125 家貨【傢伙、家賄】

臺灣漢語辭典：「俗以家財為ke-hué（ㄍせ1-ㄏㄨせ2），相當於家貨，國語：『公貨足以賓獻，家貨足以共用，不是過也』，韓愈合江亭詩：『剪林遷神祠，買地費家貨』，按今作傢伙」。然廣韻：「貨，呼臥切」，文讀hò^{n}（ㄏㄛ3鼻音），俗讀huè（ㄏㄨせ3），讀去聲三調，不讀上聲二調，調不合。

至於「傢伙【或作傢火、家伙、家火】」，多用於通俗小說，如錯斬崔寧、昇仙夢、水滸傳、警世通言、醒世恆言、紅樓夢……等，指的是家具、器皿等物件，雖非直指金銀錢財，但這些東西都可變現，等同金銀錢財，當屬家財之列，「火（伙）」音hué（ㄏㄨせ2），作「傢伙」倒是音義皆合。

亦可作「家賄」，說文：「賄，財也」，爾雅釋言：「賄，財也」，集韻：「賄，虎猥切」，音hué（ㄏㄨせ2），且詩韻集成將「賄」收為上聲十，故「賄」讀上聲二調甚明，作「財」義，如貨賄、財賄、竊賄、資賄、珍賄……等，「賄」皆指財物，「家賄」即家中財物，亦即家財，音義皆與口語相合。

0126 老貨【老歲、老廢】

稱呼人物時，北京話往往在人稱後面加上「兒」字，如嬰兒、孩兒、乞兒、孫兒、老頭兒等等。河洛話則往往在人稱後面加上「仔【亦作「也」】」字，讀做á（ㄚ2），如乞者仔、姑娘仔、新娘仔、工仔、兵仔……等，兩者做法其實差不多。

以「老者」來說，北京話稱「老頭兒」，河洛話則稱lāu-huè-á（ㄌㄠ7-ㄏㄨㄝ3-ㄚ2），俗多作「老貨仔」，此寫法實在奇怪，怎會用「貨」字來稱呼人？何況「老貨」詞義甚明，指的是存放極久或樣式極舊的貨品或貨物，大抵是可以報廢的，拿這個來稱呼「老者」，不但將老者物化，而且有著極濃厚的鄙視意味，實在不妥【姑且不管後加「仔」字也可能帶有輕視的意涵】。

「老貨」應該寫做「老歲」，言年歲已經老大，或作「老廢」，言身心傷殘之老者，或用於傷嘆、自憐之口語，或用於輕蔑、謾罵性質的稱呼（具消極貶義成分），廣韻：「歲，相銳切，音碎suè（ㄙㄨㄝ3）」，口語讀huè（ㄏㄨㄝ3），廣韻：「廢，方肺切，音肺huì（ㄏㄨㄧ3）」，口語亦讀huè（ㄏㄨㄝ3）。

0127 揩過【攍過】

河洛話稱定點式的來回拂摩為「挼【或作捼】juê（ㄗ'ㄨㄝ5）」，相當北京話的「揉」，稱移動式的拂摩或拭拭為huê（ㄏㄨㄝ5），相當北京話的「拂」，兩者音很接近。

以「弗」為聲根的形聲字大多讀入聲，少數如「費」、「拂」、「晜」、「勆」讀huè（ㄏㄨㄝ3），可惜不讀五調，否則將huê（ㄏㄨㄝ5）寫做「拂」最佳。

有作「揩」，玉篇：「揩，摩拭也」，義合，不過韻書注「揩」讀平聲時為「丘皆切」，讀khai（ㄎㄞ1）、khe（ㄎㄝ1）；其餘注「苦戒切」，讀khài（ㄎㄞ3）；注「訖黠切」，讀khiat（ㄎㄧㄚㄉ4），也都不讀五調huê（ㄏㄨㄝ5）。

huê（ㄏㄨㄝ5）宜作「攍」，廣韻：「攍，揩摩也」，集韻：「攍，拭拭也」。河洛話huê（ㄏㄨㄝ5）有二義，一為揩摩，如「他的手攍到我的大腿」；一為拭拭，如「你的手巇到雞屎，不當四界烏白攍」。

廣韻：「攍，音匯」，而說文通訓定聲：「匯，叚借為回、迴」，故「攍」、「匯」口語皆可讀如回huê（ㄏㄨㄝ5）。

0128 嗎啡【摸嬉、摸戲、謀嬉、謀戲】

河洛話mơ-hui（ㄇㄛ1-ㄏㄨㄧ1）有二義，一作鎮痛劑及催眠劑的罌粟鹼，亦即「嗎啡」，一作不辦正事趁機玩樂，亦即北京話說的「摸魚」。

按兵法卅六計第廿計所謂「渾水摸魚」，即趁「渾水」之機而行「摸魚」之利，這摸魚之利涵蓋極廣，河洛話卻僅指「玩樂」。

mơ-hui（ㄇㄛ1-ㄏㄨㄧ1）與「摸魚mơ-hî（ㄇㄛ1-ㄏㄧ5）」音近義近，卻不宜作「摸魚」【「魚hî（ㄏㄧ5）雖可音轉huî（ㄏㄨㄧ5），調仍不合」】，然既是趁機玩樂，偷偷摸摸，「摸」字倒是可用，則mơ-hui（ㄇㄛ1-ㄏㄨㄧ1）可作「摸嬉」。

方言十：「江沅之間謂戲為婬，或謂之嬉」，廣雅釋詁三：「嬉，戲也」，亦即玩樂，「嬉hi（ㄏㄧ1）」可轉hui（ㄏㄨㄧ1），其實亦可作「摸戲」，「戲hi（ㄏㄧ1）」通「麾hui（ㄏㄨㄧ1）」，亦讀hui（ㄏㄨㄧ1）。

作「謀嬉」、「謀戲」亦可，言謀圖玩樂，與謀反、謀害、謀財、謀救……之詞構同。「謀bô͘（ㄅ˙ㄛ5）」音近mô͘（ㄇㄛ5），與mơ（ㄇㄛ1）一樣，置前讀七調。

鴿子【粉鳥】

在鳥類中，鴿子算是奇特的，因牠有獨特的方位感，古來即被稱為「飛奴」，牠幫人類傳遞訊息，和人類建立了極佳的關係。

說文：「鴿，鳩屬也，从鳥合聲」，集韻：「鴿，葛合切」，讀kap（ㄍㄚㄅ4）、kah（ㄍㄚㄏ4），鴿子種類繁多，俗有野鴿、家鴿之別，本草鴿：「集解，時珍曰：處處人家畜之，亦有野鴿，品名雖多，大要毛羽不過青白皁綠鵲斑數色，眼目有大小黃赤綠色而已」。

「野鴿」河洛話稱「斑鴿pan-kah（ㄅㄢ1-ㄍㄚㄏ4）」，指羽毛黑白參雜的鴿子，取名與斑馬、斑犀、斑狸、斑貓……道理一樣；「家鴿」河洛話稱「粉鳥hún-tsiáu（ㄏㄨㄣ2-ㄐㄧㄠ2）」，因為家鴿羽毛表面給人一層粉粉的感覺。

台南縣將軍鄉一帶稱鴿子為「紅腳【骹】âng-kha（ㄤ5-ㄎㄚ1）」，說法相當奇特，那是因為鴿子的腳呈現紅色的緣故，和稱鴿子為「粉鳥」，稱茄子為「紅菜」，稱紅甘蔗為「大魁紅tuā-khơ-âng（ㄉㄨㄚ7-ㄎㄛ1-ㄤ5）」，道理是一樣的。

0130 無分無會【無云無會、無云無為】

筆者曾看過某詩集的序文這樣寫：「……伊無分無會就寄伊兮囡仔詩集來，叫我共伊寫序……」，文中的「無分無會bô-hun-bô-huē（ㄅ'ㄜ5-ㄏㄨㄣ1-ㄅ'ㄜ5-ㄏㄨㄝ7）」俗亦說成「無分會」，意思是事先沒說一聲，或事先沒知會（或照會）一下。

按團體之稱曰「會」，如商會、工會，團體規模大者則在「會」之下設有「分會」，如臺北分會、高雄分會，「無分會」成為「未設分會」的意思。

說文通訓定聲：「云，假借為曰」，亦即「說話」，廣韻：「云，王分切」，讀ûn（ㄨㄣ5），口語聲化讀hûn（ㄏㄨㄣ5），置前與「分」一樣，讀七調，「無分無會」與「無云無會」口語完全一樣，而「無云無會」才是事先沒有說一聲，沒有照會。

中文大辭典注「云為」：「口之所云，身之所為」，朱熹中庸章句序：「動靜云為，自無過不及之差矣」，朱熹白鹿洞書院揭示：「夫思慮云為之際，其所以戒謹而恐懼者，必有嚴於彼者矣」，文選東都賦：「烏睹大漢之云為乎」，以上「云為」亦可讀做hûn-huē（ㄏㄨㄣ5-ㄏㄨㄝ7），指言說與作為，故作「無云無為」亦可。

0131 生混【生分】

「生疏tsheⁿ-sơ（ㄘㄝ1鼻音-ㄙㄛ1）」，河洛話亦說為seⁿ-hūn（ㄙㄝ1鼻音-ㄏㄨㄣ7），俗多作「生份」，然臺灣語典獨排眾議，以為：「生混，猶生疏也。混，為渾沌不明之意。俗作生份，按『份』音彬，與彬同；借為分額之分」。

連氏之說雖有創意，然實屬不必，因生疏早多作「生分」，成詞，且例證斑斑。

賈仲名對玉梳第一折：「生著那義和的兄弟廝尋爭，孝順的兒子學生分」，紅樓夢：「又不生分，又可以取樂」，紅樓夢第卅二回：「要是他也說過這些混帳話，我早和他生分了」，李致遠還牢末第一折：「若取回來，不生分了他心？過幾日慢慢取罷」，古今小說單福郎全州佳偶：「若司戶左右要覓針線人，得我為之，素知阿姊心性，強似尋生分人也」，清黃生義府生分：「生分，乖戾之意，謂心曲有彼此分界也，今俗語猶如此」。

緣分也好，情分也罷，「分」是一種感覺，一種氛圍，這感覺或氛圍若覺陌生，當然就「生分」了。

0132 熱呼呼【熱眗眗、熱沸沸】

北京話的疊字狀詞「呼呼」，換成河洛話大抵有二種讀法，一讀hù-hù（ㄏㄨ3-ㄏㄨ3），如「風呼呼叫」；一讀hut-hut（ㄏㄨㄉ4-ㄏㄨㄉ4），如「場面熱呼呼」。不過韻書注「呼」一、三調，故前述「呼呼叫」、「熱呼呼」的「呼」宜讀hù（ㄏㄨ3），不宜讀hut（ㄏㄨㄉ4）。

「呼呼」為象聲詞，說「風呼呼叫」可行，說「場面熱呼呼」勉強可行，說「天氣熱呼呼」便不適宜，形容「熱」的hù-hù（ㄏㄨ3-ㄏㄨ3）不宜寫做「呼呼」，應寫做「煦煦（正字通：「俗溷用眗煦」，故亦可作「眗眗」）」，說文：「煦，烝也」，玉篇：「煦，熱也」，張養浩冬詩：「負暄坐晴簷，煦煦春滿袍」，廣韻：「煦，香句切，音酗hù（ㄏㄨ3）」，故前述句子宜作「天氣熱煦煦」。

讀做hut-hut（ㄏㄨㄉ4-ㄏㄨㄉ4）時，宜作「沸沸」，集韻：「沸，涫也」，意指沸騰的水【河洛話稱水沸騰為「涫kún（ㄍㄨㄣ2）」，北京話作「滾」】，集韻：「沸，敷勿切，音拂hut（ㄏㄨㄉ4）」，如前述「場面熱沸沸」、「天氣熱沸沸」【按「熱沸沸」俗亦說「燒沸沸」】。

0133 奕牌【弈牌】

說到「賭」，河洛話說「賭tó͘（ㄉㄛ2）」、「博puah（ㄅㄨㄚㄏ8）」、「耍sńg（ㄙㄥ2）」、「奕ī（一7）」，如賭牌仔、博牌仔、耍牌仔、奕牌仔。

廣韻：「奕，羊益切，音亦ik（一ㄍ8）」，讀下入聲，如憂心奕奕；說文：「亦，人之臂亦也」，即腋下，與腋通，「腋ik（一ㄍ8）」口語音為ē（ㄝ7）、ī（一7），如腋下即說「胳腋下keh-ē-ka（ㄍㄝㄏ4-ㄝ7-ㄎㄚ1）」；因奕、亦、腋音通，故「奕ik（一ㄍ8）」亦讀ī（一7）。

正字通：「奕，从大，六書統改从廾」，與「弈」通，孟子告子上：「今夫弈之為數」，注：「弈，博也」，典籍中弈棋、弈具、弈思、弈秋、弈聖、弈楸、善弈、觀弈、對弈、賭弈、博弈，「弈」就是賭博。奕枰、奕者、奕碁、奕楸、奕罷、奕叟、奕具，「奕」也是賭博。

有以為「弈」、「奕」屬入聲字，故將ī（一7）作「以」、「預」、「與」、「予」、「豫」、「為」，音義或符合，惟詞例闕如，故應仍以「弈」、「奕」為佳。

0134 掞肥【施肥】

農事工作中，「施肥」是極其重要的事。

「施肥」的河洛話說成iā-puî（ㄧㄚ7-ㄅㄨㄧ5），各家寫法不一而足，有「揚肥」、「颺肥」、「掞肥」、「敥肥」、「掖肥」、「擛肥」、「擛肥」。

如果把iā-puî（ㄧㄚ7-ㄅㄨㄧ5）直接寫做「施肥」，可以嗎？

乍看之下似乎不通，因為「施」俗讀si（ㄒㄧ1），如施小姐，不讀iā（ㄧㄚ7）。

但若從以下諸字觀之：「旗」讀如「其」，「旖」讀如「奇」，「旎」讀如「尼」，「旛」讀如「番」，「旄」讀如「毛」，「旌」讀如「生」，「旆」讀如「市」，「旓」讀如「肖」；「施」與上述諸字結構相似，則「施」字可讀如「也iā（ㄧㄚ7）」，事實上，集韻：「施，以豉切，音易」，「易」的口語音即讀iā（ㄧㄚ7），如易經，可見「施」確實可以讀做iā（ㄧㄚ7）。

把iā-puî（ㄧㄚ7-ㄅㄨㄧ5）直接寫做「施肥」，並非河洛話向北京話借語詞，而是把北京話向河洛話借去的語詞還原而已。

0135 毿射射【散施施】

廣韻：「射，羊謝切」，讀iā（一Y7），如僕射、射干、姑射之山。

河洛話說「頭髮散亂」為「頭毛『sàm-iā-iā（ㄙYㄇ3-一Y7-一Y7）』」，有作「毿射射（或鬖射射）」，白居易詩：「鬢毛不覺白毿毿」，毿毿，毛長貌，孟浩然高陽池詩：「綠岸毿毿楊柳垂」，毿毿，細長下垂貌，惟集韻：「毿，蘇含切，音鬖sam（ㄙYㄇ1）」，不讀三調【前白居易、孟浩然詩中「毿」讀平聲，其平仄始合格律，亦可證「毿」不讀三調】。

若不專指毛髮，「散」字最佳【讀sàn（ㄙㄢ3），音轉sàm（ㄙYㄇ3）】，則「毿射射」、「鬖射射」可作「散射射」，周禮夏官司弓矢：「恆矢痺矢，用諸散射」，注：「二者皆可以散射也，謂禮射及習射也」。

iā（一Y7）謂揚手散物，亦可作「施」，「施」从㫃也聲，口語讀如也iā（一Y7），如施肥，後漢書仲長統傳：「衣食有餘，損靡麗以散施，不亦義乎」，戰國策韓策：「公仲嗇於財，率曰：散施」。

「散射」、「散施」皆成詞，疊詞「散射射」、「散施施」皆狀散亂。

0136 耳空奕利利【耳腔挖利利、耳腔抉利利】

文選張衡東京賦：「六玄虯之奕奕」，注：「奕奕光明」，廣韻：「奕，羊益切」，讀ik（ㄧㄍ8），音轉iah（ㄧㄚㄏ4），河洛話說「很光亮」為kng-iah-iah（ㄍㄥ1-ㄧㄚㄏ4-ㄧㄚㄏ4），即「光奕奕」。

河洛話說「仔細傾聽」為hī^{n}-khang-iah-lāi-lāi（ㄏㄧ1鼻音-ㄎㄤ1-ㄧㄚㄏ4-ㄌㄞ7-ㄌㄞ7），有作「耳空奕利利」，意謂耳朵內部光潔，聽覺敏利。不過句中「iah（ㄧㄚㄏ4）」俗多為動詞，作挖解，意指挖淨耳屎，以利傾聽，「奕」無「挖」義，宜改作「挖」、「抉」。

字彙補：「挖，挑挖也，烏括切，音斡uat（ㄨㄚㄉ4）」，可音轉iah（ㄧㄚㄏ4），作「耳腔挖利利」，音義皆合。【「耳空」宜作「耳腔」】

亦可作「耳腔抉利利」，集韻：「抉，一決切」，讀iat（ㄧㄚㄉ4），可音轉iah（ㄧㄚㄏ4），唐書來俊臣傳：「爭抉目抉肝，醢其肉」，「抉」即挖、挑、剔；白居易詩：「抉開生盲眼，擺去煩惱塵」，抉，揭發也，又如抉秘密、抉空合縫。

食飽矣未【食飽抑未】

問：「你食飽未？」

這是道地的河洛話問句。

但一般會在「食飽」和「未」之間加a（Ｙ）音，該如何寫？

有將加入的a（Ｙ）音寫做「矣ā（Ｙ7）」，成為「食飽矣未」，此相當北京話「吃飽了沒」，按「矣」用於問句，可連用以作助疑問語氣，表「將然」之意，如論語陽貨：「女為周南、召南矣夫【「矣夫」讀ā-hō^{n}（Ｙ7-ㄏㄛ7鼻音）】？」意思是說：你研究周南、召南了嗎？依此，「矣未ā-buē（Ｙ7-ㄅ'ㄨせ7）」一詞應可成立，前句改成「女為周南、召南矣未」，意思變成：你研究周南、召南了沒有？

或作「食飽抑未【「抑」讀iáh（一Ｙㄏ8）】」，此相當「吃飽或是還沒」，按「抑」可作選擇相連詞，作「或」解，大戴記五帝德：「請問黃帝人邪？抑非人邪？」對話時可省略後面的「人邪」，成為「請問黃帝人邪？抑非？」依此，將「食飽？抑未食飽？」省略後面的「食飽」，成為「食飽？抑未？」寫做「食飽抑未」，也通。

0138 鹽桑【檿桑、葉桑、椹桑】

桑song（ㄙㄛㄥ1），木名，白讀sng（ㄙㄥ1），河洛話常以iâm-sng（ㄧㄚㄇ5-ㄙㄥ1）稱之，指的是桑木、桑葉，有時亦指桑實。不管桑木、桑葉，還是桑實，皆無鹹味，與「鹽」無關，俗多作「鹽桑」，不妥。

有作「檿桑」，指桑木，按中文大辭典：「檿」、「桑」皆桑科、落葉喬木、葉卵形有鋸齒、花小淡黃、雌雄異株、實長橢圓、內皮可製紙、木材可製什器。但「檿iám（ㄧㄚㄇ2）」置前讀一調，與口語音不同。

應可作「葉桑」，指桑葉，「葉ia̍p（ㄧㄚㄅ8）」可白讀iâm（ㄧㄚㄇ5），如「碎葉葉」俗有文、白兩種讀法，「葉」就可讀ia̍p（ㄧㄚㄅ8）和iâm（ㄧㄚㄇ5）兩種讀法【見0144篇】，「葉iâm（ㄧㄚㄇ5）」置前讀七調，與口語音吻合。

亦可作「椹桑」，指桑實【椹同葚】，「椹tiam（ㄉㄧㄚㄇ1）」即木墊板，多用於切魚、肉、菜，失去聲部即成iam（ㄧㄚㄇ1），置前讀七調，與口語音吻合。

檿桑【桑木】、葉桑【桑葉】、椹桑【桑實】，音相近，卻各有所指。

0139 香煙【香禋】

早期社會重男輕女，以為唯有生男才得以傳宗接代，使宗族綿延不絕，此即「傳後嗣」、「傳香煙thuân-hiu^{n}-ian（ㄊㄨㄢ5-ㄏㄧㄨ1鼻音-ㄧㄢ1）」的古老觀念。

「煙」乃物質燃燒時所生之氣狀物，或山水雲霧之氣，總之為一種實體物，「香煙」即含有香氣的煙，或焚香所生，如元稹生春詩之五：「藥樹香煙重，天顏瑞氣融」；或指子孫對祖先的祭祀，如老殘遊記第五回：「他再有個長短……反把于家香煙絕了」，此處「香煙」借作子嗣，與河洛話「傳香煙」用法相同。

只是後來香煙亦指煙絲，如霓裳續譜：「吃了袋香煙，我懶怠磕灰」，白雪遺音：「裝上一袋香煙雙手送」；亦指捲煙，像今長壽、萬寶路、登喜路一類的紙菸。

因此「傳香煙」有時變成傳遞紙菸，無香火傳遞、傳宗接代、俎豆馨香之義，為避此歧義，「傳香煙」不妨改作「傳香禋」，說文：「禋，絜祀也，一曰，精意以享為禋」，廣韻：「禋，祭也，敬也」，書舜典：「禋于六宗」，「香」乃焚香，「禋」乃祭祀祖宗，即香火綿延不絕，無其他歧義。

0140 頂沿【頂匀】

河洛話稱輩份高的為「頂沿tíng-iân（ㄉㄧㄥ2-ㄧㄢ5）」，低的為「下沿ē-iân（ㄝ7-ㄧㄢ5）」，「沿」即輩份、層級，如上一輩稱「頂一沿」，下一輩稱「下一沿」。

說文：「沿，緣水而下也」，字彙：「沿，循也」，或因有「由上而下」、「遵循」義，被借作順序、輩份義，然事實「沿」無輩份、層級義，亦無詞例可援引或證明，寫上輩為「頂沿」，下輩為「下沿」，有欠妥當。

河洛話稱「輩份」為「輩puè（ㄅㄨㄝ3）」，為「匀ûn（ㄨㄣ5）」，長輩為「頂匀」，晚輩為「下匀」，上一輩為「頂一匀」，下一輩為「下一匀」。

說文：「均，从土匀，匀亦聲」，可見「均」、「匀」可讀同聲，康熙字典：「均，與專切」，而廣韻：「沿，與專切」，書鄭注：「均，讀曰沿」，既「均」、「匀」音同，「均」可讀「沿」，「匀」當然亦可讀「沿」。

故「頂匀」的「匀ûn（ㄨㄣ5）」亦可讀如沿iân（ㄧㄢ5）【按「頂匀」亦可作「長匀」，長匀，長輩也，「長tióng（ㄉㄧㄛㄥ2）」口語轉tíng（ㄉㄧㄥ2）】。

假影、假佯、假也【假演】

北京話「知道」，河洛話說成單一字「知tsai（ㄗㄞ1）」，亦說「tsai-iá^{n}（ㄗㄞ1-一ㄚ2鼻音）」，俗作「知影」。

自從河洛話大師陳冠學先生引孔子名言「知之為知之，不知為不知，是知也」的「知也」即tsai-iá^{n}（ㄗㄞ1-一ㄚ2鼻音），認同者眾，今人多改「知影」作「知也」。

北京話「假裝」，河洛話說成單一字「假ké（ㄍせ2）」，亦說「ké-iá^{n}（ㄍせ2-一ㄚ2鼻音）」，俗本作「假影」，今則多改作「假也」，算是「知也」的延伸效應。

ké-iá^{n}（ㄍせ2-一ㄚ2鼻音）有作「假佯【亦作假陽】」，字彙：「佯，詐也」，正字通：「佯，通作陽」，義可行，只是「佯【或陽】」音iông（一ㄛㄥ5），調不符。

中文大辭典注「假裝」條：「謂故意假作出某種動作或姿態也」，換言之，即指「虛假的演出」，即「假演」，「演ián（一ㄢ2）」可音轉iá^{n}（一ㄚ2鼻音），係半鼻音轉全鼻音的一種變化，造句如「他假演腹肚痛，無去學校」、「他愛你，攏是假演的」，比較之下，寫法似比「假也」為佳。

0142 月娘光焱焱【月娘光燿燿、月娘光熒熒】

文字運用因互相通假的關係，往往衍生混用現象，例如炎、焱、焰、燄、爓五字便彼此互通，這五個字都讀iām（ㄧㄚㄇ7），都作「火焰」、「火光」義。

「火燄」、「火光」係由火所生，除了光，也帶來熱，綜觀現象界難以勝數的「光」，源頭卻不一定來自「火」，也不一定產生「熱」，例如月光、星光、極光……。

月光很亮，河洛話說「月娘光『$ia\bar{}^n$-$ia\bar{}^n$（ㄧㄚ7鼻音-ㄧㄚ7鼻音）』」，iā^n-iā^n（ㄧㄚ7鼻音-ㄧㄚ7鼻音）俗作「炎炎」【或「焱焱」、「焰焰」、「燄燄」、「爓爓」】，音雖通，卻實為不宜，主因是月光並非「火光」，且不會生熱。

廣韻：「熒，明也」，杜牧阿房宮賦：「明星熒熒」，集韻：「熒，縈定切」，讀īng（ㄧㄥ7），可音轉iā^n（ㄧㄚ7鼻音），與「營îng（ㄧㄥ5）」【如營業、經營】音轉為「營iâ^n（ㄧㄚ5鼻音）」【如兵營、營區】，道理一樣。

燿iāu（ㄧㄠ7），光輝也，光耀也，明也，亦可音轉iā^n（ㄧㄚ7鼻音）。

「月光很亮」河洛話應寫做「月娘光熒熒」、「月娘光燿燿」。

0143 手擫後【手揜後、手掩後】

宣和畫譜：「昔人有畫鬥牛者，众稱其精。獨一田夫在傍，乃指其瑕曰：我見鬥牛多擫尾，今揭其尾，非也。畫者憫然」，說文：「揭，高舉也」，說文：「擫，一指按也」，如擫笛、擫籥，在此擫揭反義，「擫」為壓低，「揭」為舉高。

集韻：「擫，益涉切」，讀iap（一ㄚㄅ4），河洛話作壓低、低垂解，如喪家之犬稱「擫尾狗」，手垂背後稱「手擫後」。

集韻：「揜，衣檢切」，讀iám（一ㄚㄇ2），說文：「自關以東，謂取曰揜」，方言六：「揜，藏也」，與掩通，按「掩」亦讀iám（一ㄚㄇ2）【集韻：「掩，衣檢切」】，亦讀iap（一ㄚㄅ4）【集韻：「掩，乙葉切」】，故「揜」亦可讀iap（一ㄚㄅ4），河洛話說「拿取東西時卻將東西隱藏起來」為iap（一ㄚㄅ4），即此字，即所謂「揞揞揜揜【亦可作「揞揞掩掩」，「揞」讀am（ㄚㄇ1），但不可作「揞揞擫擫」】。

「擫」是低垂，「揜」是隱藏，意義有別，「擫尾狗」、「手擫後」實有別於「揜尾狗」、「手揜後【或「手掩後」】」。

0144 碎鎔鎔【碎葉葉】

河洛話形容「極度破碎」的詞不少，如「碎糊糊（「糊」讀kô͘（ㄍㄛ5））」，言東西極度破碎到呈黏糊狀；如「碎鎔鎔【「鎔」讀iûⁿ（ㄧㄨ5鼻音）】」，言東西極度破碎到呈鎔化狀；以上二詞皆以狀態形容「碎」，同工而異曲。

廈門音新字典：「tshuì-iâm-iâm（ㄘㄨㄧ3-ㄧㄚㄇ5-ㄧㄚㄇ5），就是碎鎔鎔的意思」，而「鎔iông（ㄧㄛㄥ5）」可轉iûⁿ（ㄧㄨ5鼻音）、iâm（ㄧㄚㄇ5），故tshuì-iâm-iâm（ㄘㄨㄧ3-ㄧㄚㄇ5-ㄧㄚㄇ5）可作「碎鎔鎔」。

俗亦有「碎劇劇【「劇」讀kê（ㄍㄝ5）】」之說，劇，極也，直言極度破碎，「劇kik（ㄍㄧㄍ8）」在此口語音轉kê（ㄍㄝ5）。

俗口語亦有「碎葉葉【「葉」讀ia̍p（ㄧㄚㄅ8）】」之說，列子天瑞：「其葉為胡蝶」，注：「葉，散也」，以「散」狀「碎」。

「劇kik（ㄍㄧㄍ8）」音轉kê（ㄍㄝ5），同理，「葉ia̍p（ㄧㄚㄅ8）」音轉iâm（ㄧㄚㄇ5），tshuì-iâm-iâm（ㄘㄨㄧ3-ㄧㄚㄇ5-ㄧㄚㄇ5）亦可作「碎葉葉」。

0145 夭【猶、益】

今連接詞「還」、「尚」，河洛話說iȧk（一丫《8）、iaủh（一幺厂8）、iȧh（一丫厂8）【屬同一語音的變音】，俗作「夭」，純粹是記音寫法，義不足取，應作「猶」才是正寫，例如「還有」寫做「猶有」，「尚無」寫做「猶無」，「尚未」寫做「猶未」，「還早」寫做「猶早」，「還不」寫做「猶不【「不」讀m̄（ㄇ7）】」，「還在」寫做「猶載【「載」讀tėh（ㄉㄝ厂8）】」，「還是」寫做「猶是」，「還會」寫做「猶會」……。

比較特別的是「猶」置前仍讀原調【即八調】，而不變讀三調，甚至有時八調因音幅拉長而變成一調，致使有人以為「猶」可讀二調【因為二調置前變一調】，這是錯誤的推測所導致的結果。

按「益」字作「更」解時，讀做iah（一丫厂4），例如「益加長」、「益加好」，iah（一丫厂4）置前一般變二調，不過口語也變八調，甚至變一調，因此「益」和「猶」置前變調後音調幾乎差不多，兩字因此產生混用現象，如「我有讀冊，猶有寫字」等同「我有讀冊，益有寫字」，「他猶是不講」等同「他益是不講」。

0146 隘間【浴間】

「洗澡」的河洛話說成「洗身軀」、「洗浴」，「浴室」說成「洗身軀間仔」、「洗浴間仔」、「浴間仔」、「浴間ik-king（一ㄍ8-ㄍ一ㄥ1）」。

因方言差或訛讀的關係，俗有將ik-king（一ㄍ8-ㄍ一ㄥ1）讀做ėh-king（ㄝㄏ8-ㄍ一ㄥ1），不注意聽，還真難分辨其中差異，一個是ik（一ㄍ8），一個是ėh（ㄝㄏ8），相差極微，此種方言差現象本屬自然之事，本來並沒有關係。

可是，偏偏ėh-king（ㄝㄏ8-ㄍ一ㄥ1）讓人想到「隘間（狹窄的房間）」，或「下間【下一個房間或在下頭的房間】」，意思已和「浴室」不同。

日常生活中，類似的現象不乏其無，如「警察」的「警」本應讀kíng（ㄍ一ㄥ2），俗卻有訛讀kìng（ㄍ一ㄥ3），說「刑警」、「蔗警」、「鹽警」、「警棍」、「警車」時，倒還不致於造成歧義，說「警告」一詞時，與「敬告」同音，如「我特別來警告你」與「我特別來敬告你」，音同義歧，這就不好。

若因方言差或訛讀而產生歧義，就應把聲音讀正確，免得造成誤會。

0147 淹淹流【涔涔流、淫淫流】

向來「灌溉」乃農事要項，灌溉時，農民引水入田，有時甚至水淹田土，於是乃有「田水淹淹流」的寫法，在此「淹淹im-im（一ㄇ1-一ㄇ1）」指流勢不斷貌，但，淹，浸漬也，引申滯留，與「流動」反，以「淹淹」狀流勢不斷，不妥。

「淹淹流」宜作「淫淫流」，楚辭九章哀郢：「涕淫淫其若霰」，楚辭大招：「霧雨淫淫」，柳宗元天對：「黑水淫淫，窮于不姜」，張煌言答延平世子經書：「更不禁淚之淫淫下也」，燕京雜詩：「陰雨淫淫鬼晝行」，「淫淫îm-îm（一ㄇ5-一ㄇ5）」指流落不止貌，或寫涕淚，或寫霧雨，或寫溪河，運用甚廣。

另有「涔涔流」，杜甫秦州雜詩：「雲氣接崑崙，涔涔寒雨繁」，李商隱詩：「江生魂黯黯，泉客淚涔涔」，「涔涔tsîm-tsîm（ㄐ一ㄇ5-ㄐ一ㄇ5）」亦指流落不止貌，或寫涕淚，或寫雨雪，卻不寫溪河，音義與「淫淫」小有差別。

可造之詞如「田水淫淫流」、「溪水淫淫流」、「目水淫淫流」、「目水涔涔流」、「汗水涔涔流」、「血水涔涔流」，但「淫淫流」、「涔涔流」不可寫做「淹淹流」。

0148 他【尹】

在日常會話裡頭，「你我他」應該是最常用到的，這些人稱用詞分單數格和多數格，單數格如我、你、他，多數格如我們、你們、他們，說到人稱單數格和多數格的寫法，北京話要比河洛話簡明、科學多了。

河洛話說「我」為「我guá（ㄍ'ㄨㄚ2）」，說「我們」為「吾guán（ㄍ'ㄨㄢ2）」、「咱lán（ㄌㄢ2）」，說「你」為「你lí（ㄌㄧ2）」，說「你們」為「您lín（ㄌㄧㄣ2）」，說「他」為「伊i（ㄧ1）」，說「他們」為「伊in（ㄧㄣ1）」、「其in（ㄧㄣ1）」，顯得混亂【其實這是沒辦法的事，「我等」合讀成「吾」，「你吾」合讀成「咱」，「你等」合讀成「您」，「他等」合讀成「伊」，將二字濃縮成一字來表達，本就有它的難度】。

如果第一人稱單數稱「我」，多數稱「吾【不含受話者】」、「咱【含受話者】」，第二人稱單數稱「你」，多數稱「你」字的右半「尔lín（ㄌㄧㄣ2）」，第三人稱單數稱「伊」，多數稱「伊」字的右半「尹in（ㄧㄣ1）」，假借這樣的設計，倒不失為既科學又簡明的方法。

0149 揚埃【坱埃、塕埃】

河洛話ing-ia（ㄧㄥ1-ㄧㄚ1），意思是塵埃【名詞】、塵起【動詞】，俗有作「揚埃」，即揚起塵埃，偏向動詞。

俗亦有作「坱埃」，偏向名詞，說文：「坱，塵埃也」，段注：「塵者，鹿行土也，引申為土飛揚之偁。坱者，塵埃廣大之貌也」。

有作「塕埃」，偏向名詞，玉篇土部：「塕，塵也」，集韻：「塕，烏公切」，讀ong（ㄛㄥ1），音轉ing（ㄧㄥ1）。

俗狀塵埃大起曰ing-phông-phông（ㄧㄥ1-ㄆㄛㄥ5-ㄆㄛㄥ5），若作「揚蓬蓬」，意謂蓬蓬然揚起，至於係何物揚起則不一定，非必然指塵埃。若作「坱蓬蓬」，即塵埃大起，詩小雅：「維柞之枝，其葉蓬蓬」，傳：「蓬蓬，盛貌」。若作「塕埲埲」，亦塵埃大起，廣韻：「塕埲，塵起」，集韻：「埲，塵起」，「塕埲」是個成詞。

故「揚埃」、「坱埃」、「塕埃」、「坱蓬蓬」、「塕埲埲」、「蓬蓬坱」、「埲埲塕」，寫法皆宜。惟「揚蓬蓬」寫法不宜，因所揚起之物指稱不明，語意有模糊之病。

0150 無閒【無冗、無容】

閒，从門見月，門有隙也，本作「隙」解，亦作「間」，讀做hân（ㄏㄢ5）、kan（ㄍㄢ1）、kàn（ㄍㄢ3），白話訓讀îng（一ㄥ5），俗將無所事事者戲稱為「英英美代子」，即取諧音「閒閒無事事【「事事」讀tāi-tsì（ㄉㄞ7-ㄐ一3）】」。

îng（一ㄥ5）指空暇，可作「冗」，說文：「冗，从宀儿，人在屋下，無田事也」，作閒散義。雖韻書注「冗」音jióng（ㄐ'一ㄛㄥ2），但很多北京話讀ㄖㄨㄥ音的字，河洛話都讀îng（一ㄥ5）的音，例如容、榮、嶸、蠑、螢、蓉、融，「冗ㄖㄨㄥ∨」亦屬之，河洛話可白讀îng（一ㄥ5）。

îng（一ㄥ5）其實本作「容」，廣雅釋詁三：「容，寬也」，以寬鬆而得從容取義，俗即說「清閒」為「從容tshing-îng（ㄑ一ㄥ1-一ㄥ5）」，廣韻：「容，餘封切，音融iông（一ㄛㄥ5）」，可轉îng（一ㄥ5）。

將「有空」寫做「有閒」、「有冗」、「有容」，「沒空」寫做「無閒」、「無冗」、「無容」，簡單明白，一目了然。

0151 衍、英【莻、穎】

樹木新發之芽，河洛話說「芽gê（ㄍˊせ5）」，還說成íⁿ（一2鼻音），有以為芽心衍自枝椏，故寫做「衍」，音雖可通，用意卻極勉強。

íⁿ（一2鼻音）宜作「莻」，段注：「今俗呼草木華之初生者為莻」，「莻」从艹尹聲，讀如尹ín（一ㄣ2），可轉íⁿ（一2鼻音），如津tin（ㄉ一ㄣ1）音轉tiⁿ（ㄉ一1鼻音），籐tîn（ㄉ一ㄣ5）音轉tîⁿ（ㄉ一5鼻音）。

íⁿ（一2鼻音）亦可作「穎」，蘇軾雲龍山觀燒得雲字詩：「行觀農事起，畦壠如繡紋，細雨發春穎，嚴霜倒秋蕡」，何承天芳樹篇：「翠穎陵冬秀，紅葩迎春開」，穎，芽也，廣韻：「穎，餘頃切」，讀íng（一ㄥ2），可轉íⁿ（一2鼻音），如嬰ing（一ㄥ1）音轉iⁿ（一1鼻音），姓sìng（ㄒ一ㄥ3）音轉sìⁿ（ㄒ一3鼻音）。

íⁿ（一2鼻音）亦有作「英」，管子禁藏：「毋夭英」，注：「英，為草木之初生也」，但「英」讀一或三調，不讀二調，調不合【按「才」亦象草木初生之形，與英同，俗謂「得天下英才而教育之」，「英才」係指幼童，非指俊秀之才，此為孔子「有教無類」之精義所在】。

0152 砛簷跤【簷前下】

河洛話稱「屋簷下」為gîm-tsîⁿ-kha（ㄍ'ㄧㄇ5-ㄐㄧ5鼻音-ㄎㄚ1），俗有作「砛簷跤」，按「跤kha（ㄎㄚ1）」指腳，屬實字，宜改作方位字「下」【見0285篇】。

「砛」本字見於烏字十五音，作堂前小石級解，亦即台階，一說臺階，一般設於簷下，故言屋簷下為「砛簷跤」，似成理，然「砛【臺階】」、「簷【屋簷】」分屬二物，結合成詞卻令人難解所指，且簷下未必有砛，「砛簷跤」寫法有待商榷。

「砛簷跤」宜作「簷前下」，意指屋簷前下方，即屋簷下。廣韻：「簷，余廉切，音鹽iâm（ㄧㄚㄇ5）」，可轉îm（ㄧㄇ5），聲化讀gîm「ㄍ'ㄧㄇ5」，而「前tsiân（ㄐㄧㄢ5）」可轉tsîⁿ（ㄐㄧ5鼻音），如邊、篇、片、見、天……等亦都有此音轉現象【即ian（ㄧㄢ）→iⁿ（ㄧ鼻音）】，文體江淹雜體古離別詩：「送君如昨日，簷前露已團」，秦系題明慧上人房詩：「簷前朝暮雨添華，八十吳僧飯熟麻」，姚合庭春詩：「趁暖簷前坐，尋芳樹底行」，簷前即簷下。

「簷前下」口語亦只說「簷前」，例如「簷前下有水桶」亦說成「簷前有水桶」。

有孝【友孝】

傳統美德如忍耐、勤儉、慈悲、謙讓……等，每個美德其實都包含兩個子項，如忍和耐、勤和儉、慈和悲、謙和讓……。

河洛話說的另一個美德iú-hàu（一ㄨ2-ㄏㄠ3），是寫做如上列詞構的「友孝」？還是與上列詞構不同的「有孝」？

「友孝」包含友和孝兩個子項，爾雅釋訓：「善兄弟為友」，說文：「孝，善事父母者」，或因「友」與「孝」有別，故有人不寫「友孝」，而寫「有孝」。

通常「友孝」用於父母，不用於兄弟，其實對父母亦友亦孝並無不可，何況「友」有親、順義，詩周南關雎：「琴瑟友之」，「友」即作「親」解，書洪範：「彊弗友，剛克」，「友」則作「順」解。

若作「有孝【孝順】」，則與「不孝【不孝順】」反，亦成理，但俗亦說「孝順」為「有有孝【前「有」字讀ū（ㄨ7）】」，說「不孝」為「無有孝」，則顯得造詞怪異，故「友孝」寫法要比「有孝」為佳。

0154 按頭仔來【由頭仔來】

凡事若按部就班，從頭做起，不急不徐，有條不紊，便容易成功。這「按部就班來」河洛話的說法極多，不過大都大同小異，應該是累積多個朝代與多個地方不同說法的結果。

有作「按頭仔來」，「按」讀àn（ㄢ3），較少音變，不過亦有說成ân（ㄢ5），則不宜寫做「按」，因為「按」讀三或四調，不讀平聲。

有作「緣頭仔來」，廣雅釋詁四：「緣，循也」，亦即順著，廣韻：「緣，與專切」，讀iân（一ㄢ5），一般音變讀ân（ㄢ5）或uân（ㄨㄢ5）。

有作「由頭仔來」，「由」讀iû（一ㄨ5），亦有音變讀做ûn（ㄨㄣ5）。

有作「自頭仔來」，「自」讀tsū（ㄗㄨ7），不過亦有讀成tsuî（ㄗㄨ一5），乃「自於頭仔來」的「自於tsū-î（ㄗㄨ7-一5）」合讀的結果。

有作「分頭仔來」，「分」讀pan（ㄅㄢ1），屬古音讀法。

不管何種寫法讀法，意思皆同，語言之自簡而繁，由此可見一斑。

0155 油嘴【諛嘴】

北京話說一個人愛說話為「貧嘴」，這說法很奇怪，「貧」是窮，是少，「貧嘴」怎會是「多」嘴呢？將「貧嘴」作「頻嘴」倒還差不多，頻，多次也，連接也，屢次也，近「多」義，感覺上「頻嘴」與「多嘴」義近，可惜「頻嘴」在北京話裡不成詞，在河洛話亦不成詞，河洛話說多嘴為「厚話kāu-uē（ㄍㄠ7-ㄨㆤ7）」，厚，多也，話，話語也，「厚話」即多話，如「你不當厚話，四界講予人聽」。

北京話說一個人滿口巧佞為「油嘴」，這似乎也不佳，一來，「油嘴」讓人誤會是嘴巴有油，二來，「油嘴」讓人誤會是機械設備中會噴出油霧的嘴狀物。話雖如此，河洛話卻有「油嘴iû-tshuì（一ㄨ5-ㄘㄨ一3）」的說法，這是不是有問題？

油嘴，滿口巧佞也，其實應作「諛喙」，說文：「諛，諂也」，即諂言，即以甘言入於人，與諛言、諛媚、諛偽、諛諂、諛辭等類近，廣韻：「諛，楊朱切，音俞iû（一ㄨ5）」，與北京話「油嘴【油嘴滑舌的「油嘴」】」義同。

至於「貧嘴賤舌」、「油嘴滑舌」應屬後來衍生之詞，「貧」作賤義，「油」作滑義。

0156 死豬懶羊【死豬懶慵】

北京話「佔著茅坑不拉屎」，言人忝據其位而無所作為，河洛話則說「死豬鎮枯【「枯」讀tiam（ㄉㄧㄚㄇ1），亦可作「椹」】」，鎮，佔據也，枯，枯板也，言如死豬佔據枯板，使無所作為；或因有「死豬鎮枯」之說，後來衍生「死豬懶羊sí-ti-nuā-iûⁿ（ㄒㄧ2-ㄉㄧ1-ㄋㄨㄚ7-ㄧㄨ5鼻音）一詞，言人慵懶無所作為，一如死豬與懶羊一般。

就一般印象，「豬」是好吃懶做的，說一個人是「豬」，大抵不是說那人笨，便是說那人懶，如果說一個人是「死豬」，那可就更上一層樓了。

「死豬」形容人如死了的豬，動也不動，懶到極點，拿「死豬」配「懶羊」，一派標準成語架勢，煞有介事似的。不過，「羊」怎會和「懶」配在一起呢？

其實不是「死豬懶羊」，而是「死豬懶慵」，廣韻：「慵，蜀庸切」，讀iông（ㄧㄛㄥ5），音轉iûⁿ（ㄧㄨ5鼻音），與「羊」音同，遂被訛寫「懶羊」，而「懶慵慵」被訛寫「懶羊羊」，進而寫做「懶洋洋」，但若與「得意洋洋」對照，「洋洋」用來狀「懶」，也用來狀「得意」，用法混亂，這都是「慵」訛作「羊」造成的。

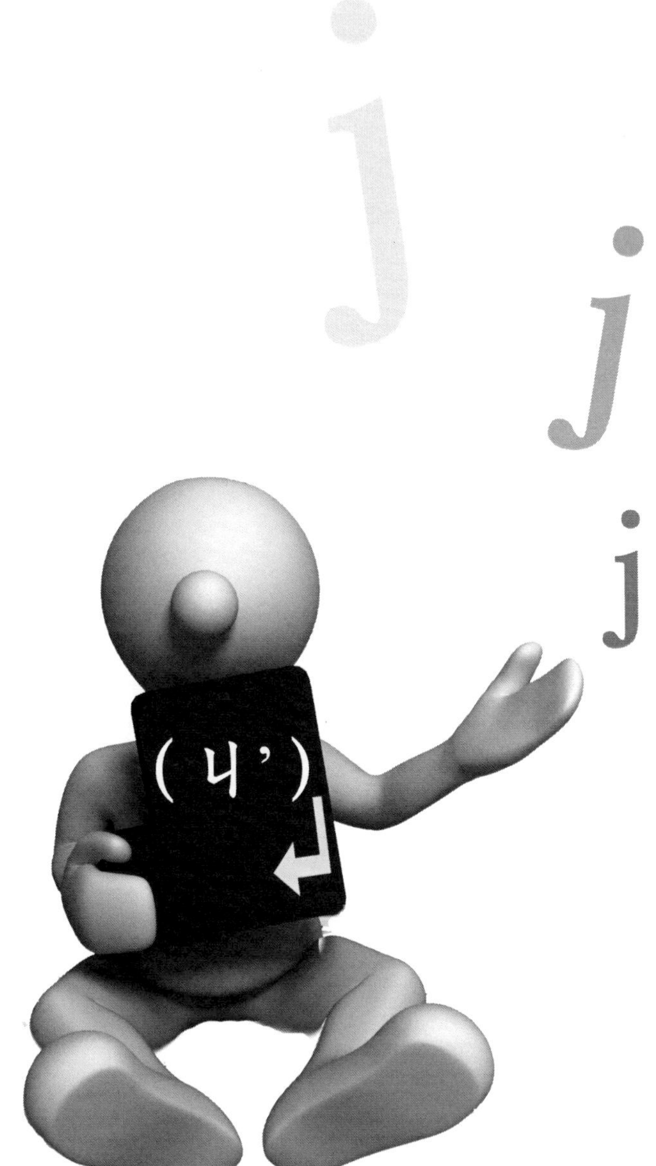
j
j
j
(ㄐ’)

0157 有字、有膩【有裕】

河洛話「愈來愈『有字ū-jī（ㄨ7-ㄐ'ㄧ7）』」，即「愈來愈跩」，「有字」即跩。

「跩」作「有字」，或許是因為河洛話有「他誕及有一字八字【意思是他誇說自己很行，「誕及」讀tuāⁿ-kah（ㄉㄨㄚ7鼻音-ㄍㄚㄏ4）】」的話吧，「有一字八字（很行）」略說成「有字」，故「有字」表示「很行」，有跩義，然此說似嫌勉強。

或有作「有膩」，句讀：「肥之發於外者曰膩jī（ㄐ'ㄧ7）」，因豐美外溢，故引申炫耀於人，亦即跩。只是「憎厭」亦曰膩，如俗說的玩膩、聽膩、說膩、膩煩，「有膩」有厭煩義，與「跩」不合。

ū-jī（ㄨ7-ㄐ'ㄧ7）宜作「有裕」，詩小雅角弓：「綽綽有裕」，傳：「裕，饒也」，即饒裕、富足，因饒裕、富足，故勝於人，故炫耀於人，故有跩義。

裕，富足也，本屬狀詞，作動詞時，多了「跩」義，河洛話「跩起來」即說「有裕起來」，或說「饒裕起來【「饒裕」讀jiâu-jī（ㄐ'ㄧㄠ5-ㄐ'ㄧ7）】」。

按韻部i（ㄧ）、u（ㄨ）可互轉，「裕jū（ㄐ'ㄨ7）」可轉jī（ㄐ'ㄧ7）。

0158 走相趝【走相逐】

「雀」讀tshiok（ㄑㄧㄛㄍ4）、tshik（ㄘㄧㄍ4），「躍」讀thiok（ㄊㄧㄛㄍ4）、thik（ㄊㄧㄍ4），可見韻部iok（ㄧㄛㄍ）和ik（ㄧㄍ）可互轉。

「字」讀jī（ㄐ'ㄧ7）、lī（ㄌㄧ7），「潤」讀jūn（ㄐ'ㄨㄣ7）、lūn（ㄌㄨㄣ7），可見聲部j（ㄐ'）和l（ㄌ）可互轉。

如上所述，「逐」字讀jiok（ㄐ'ㄧㄛㄍ4）、jik（ㄐ'ㄧㄍ4）、liok（ㄌㄧㄛㄍ4）、lik（ㄌㄧㄍ4）便不奇怪了。

玉篇：「趝，走貌」，無詞例，屬僻字，因屬形聲字，从走立聲，臺灣語典讀「趝」為lip（ㄌㄧㄅ4），造「趝鹿」、「趝錢」二詞。

「趝lip（ㄌㄧㄅ4）」應是「逐lik（ㄌㄧㄍ4）」的衍生字和衍生音，兩字相較，應以平易通俗的「逐」字為佳，則「趝鹿」、「趝錢」應寫做「逐鹿」、「逐錢」，餘如「逐過頭【追過頭】」、「走相逐【互相追逐】」、「跑車逐路【開車趕路】」，亦以「逐」字為佳，而不作「趝過頭」、「走相趝」、「跑車趝路」。

0159 入厝【入次、立次】

一般農民曆會在「日期」下臚列「宜」與「忌」之事項，如嫁娶、出行、祈福、謝土……等，其中亦有「入宅」。輟耕錄煖屋：「今之入宅與遷居者，鄰里醵金治具，過主人飲，謂之曰煖屋，或曰暖房」，所謂「入宅」即住入新居，河洛話說jip-tshù（ㄐ'ㄧㄅ8-ㄘㄨ3），即「入次【俗多作「入厝」，按「厝」宜作「次」，見0977篇）】」。

如前輟耕錄煖屋所說，「入宅」與「遷居」有所分別，「入宅」者所居為「新蓋」，「遷居」者所居為「舊築」，故「入宅」亦具有「新居落成」義。

因方言差的關係，河洛話聲母l（ㄌ）、j（ㄐ'）、g（ㄍ'）常有互轉現象，如「字」、「尿」、「逐」等便是，則「入次」的「入jip（ㄐ'ㄧㄅ8）」或許是從「立lip（ㄌㄧㄅ8）」轉過來的，若是這樣，「入次」則應作「立次」。

「立」即建立，常用於建築，後接宮室屋舍，如立戶、立室、立祠、立壇，「立次」亦是。按民間常將「立」與「入」混用，如立春、立夏、立秋、立冬，俗亦作入春、入夏、入秋、入冬，故「立次」寫法應佳於「入次」。

0160 韌餅、輭餅、潤餅【嫩餅】

臺灣語典卷一：「潤，謂物柔而不易斷也。禮聘義：『溫潤而澤』」，實為謬誤，「潤」字作沾漬、滋益、雨澤、澤、飾、益、濡、溫和、水名、州名解，不作物柔而不易斷解，連氏將「韌」誤作「潤」甚明。

說文新附：「韌，柔而固也，从韋刃聲」，廣韻：「韌，而振切」，讀jīn（ㄐ'ㄧㄣ7）、jūn（ㄐ'ㄨㄣ7），如韌性、韌帶、韌魚，皆作柔而不易斷義。

俗說春捲為「韌餅jūn-piá^{n}（ㄐ'ㄨㄣ7-ㄅㄧㄚ2鼻音）」，非也，春捲係餅類食物，柔軟，一咬即斷，冠「韌」於「餅」前，義不相符，實不宜。臺灣漢語辭典作「輭餅」，義合，惟「輭」俗讀luán（ㄌㄨㄢ2）、nńg（ㄋㄥ2），讀二調，調不相符。

作「潤餅」可乎？俗說酥脆餅類因受潮而輭化即稱「潤去jūn-khì（ㄐ'ㄨㄣ7-ㄎㄧ3）」【或說「輭去nńg-khì（ㄋㄥ2-ㄎㄧ3）」】，「潤餅」即潤去的餅，與春捲無關。

jūn-piá^{n}（ㄐ'ㄨㄣ7-ㄅㄧㄚ2鼻音）宜作「嫩餅【或嫩餅】」，按「嫩」作新鮮、柔軟、美好義，皆適合用來狀春捲，廣韻：「嫩，奴困切」，讀lūn（ㄌㄨㄣ7）。

k
k
k

解落枕【下落枕】

睡覺時因落枕導致頸部不適，這是時有所聞的事，這「落枕」現象，河洛話說ka-lau̇h-tsím（ㄍㄚ1-ㄌㄠㄏ8-ㄐㄧㄇ2），臺灣漢語辭典作「解落枕」。

呂氏春秋季夏紀：「季夏行春令，則穀食解落」，拾遺記：「狀如雞，鳴似鳳，時解落毛羽，肉翮而飛」，解落，解散墮落也，兼含「散」與「落」義，即散落，河洛話說ka-lau̇h（ㄍㄚ1-ㄌㄠㄏ8），僅含「落」義，無「散」義，作「解落」其實不宜，何況韻書注「解」讀上、去聲，不讀一調，調亦不符。

ka-lau̇h（ㄍㄚ1-ㄌㄠㄏ8）宜作「下落」，「下落」可讀hē-lo̍h（ㄏㄝ7-ㄌㄜㄏ8），作著落、去向義，如下落不明；可讀ka-lau̇h（ㄍㄚ1-ㄌㄠㄏ8），作下降義【下，落也，「下落」為同義複詞】，如下落枕。「下」字音繁多，口語可讀kha（ㄎㄚ1），如桌下、樹下、樓下、眠床下，與ka（ㄍㄚ1）僅一聲之轉。

俗所謂phah-ka-lau̇h（ㄆㄚㄏ4-ㄍㄚ1-ㄌㄠㄏ8）【掉下去】，宜作「拍下落」、「撲下落」、「撥下落」，如「一無注意，甌仔拍下落【或撲下落、撥下落】，煞【遂】破去」。

0162 牛犇【牛家】

臺灣語典卷三：「牛犇，為糖廍之名。犇呼甲，平聲。熬糖之廠謂之廍。一曰公司廍，合股而設者也；二曰頭家廍，業主自設者也；三曰牛犇廍，蔗佃合設者也。每犇出牛三，為園九甲。一廍凡九犇，以六犇運蔗、三犇碾蔗；照鬮輪流，通力合作，其法甚善」，連氏之用「犇」字，或因「每犇出三牛」，故以「三牛」為字，而成「犇」。

廣韻：「犇，牛驚」，集韻：「奔，古作犇」，廣韻：「犇，博昆切」，音pun（ㄅㄨㄣ1），不讀甲，平聲（按：「甲」讀平聲，一讀ka（ㄍㄚ1），另一讀kâ（ㄍㄚ5）【連氏所言應指kâⁿ（ㄍㄚ5鼻音），即河洛話所謂大牛帶小牛，宜作「攜」、「兼」，所謂「牛攜」、「牛兼」即指自攜牛隻或兼帶牛隻前往耕田的佃戶，見0184篇】）。

「牛犇」宜作「牛家」，指靠牛耕作以維生之人家，與「牛人」同，亦即佃戶，「牛家」的詞構則與船家、樵家、農家、漁家、商家……等詞構相同。

時代變遷，今糖廍沒落，「牛家廍」一詞已少有聽聞。

笳笸、籧篨、筐筥【筐䉢】

藺草俗稱「鹹草」，前期人拿它編帽、繩、袋，還有編ka-tsù（ㄍㄚ1-ㄗㄨ3）。

ka-tsù（ㄍㄚ1-ㄗㄨ3）即草籃，可裝物，早期以竹皮為之，故寫做「笳笸」。但——

「笳」乃胡人樂器，「笸」作斜逆、逆槍、柱距解，「笳笸」非成詞，詞義不明。

或有作「籧篨」，按「籧篨」為粗竹蓆，亦為不能俯下之醜疾名，雖急就篇竹器收有簦、笠、簟、籧篨……等，吾人只知「籧篨」為竹器，卻難知「籧篨」到底為何物【或許就是竹蓆】。

或有作「筐筥」，古來筐筥並稱，方形為筐，圓形為筥，鄭玄箋：「筐筥，所以盛黍也」，蘇軾雨後行菜圃詩：「未任筐筥載，已作杯盤想」，「筐筥」大概是盛置農產品的竹器，義可行，但「筥」讀kú（ㄍㄨ2）、lú（ㄌㄨ2），調不合。

ka-tsù（ㄍㄚ1-ㄗㄨ3）宜作「筐䉢」，王禎農書卷十五：「笓多露置，可用貯糧，篅䉢在室，可用盛種，皆農家收穀所用者」，廣韻：「䉢，筐䉢」，三才圖會所繪圖樣即為圓形腹微寬之籃子，廣韻：「䉢，章恕切」，讀tsù（ㄗㄨ3）。

0164 加坦腹【頗顪伏、瘕坦伏、疳坦伏】

臺灣漢語辭典：「加坦腹ka-thán-phak（ㄍㄚ1-ㄊㄢ2-ㄆㄚㄍ4），坦腹臥也」，但「坦腹」指坦露腹肚，並非俯臥，宜改作「坦伏」為佳【見0793篇】。

「加坦伏」的「坦」俗亦轉讀lán（ㄌㄢ2）。高階標準臺語字典作：「頗顪伏，小兒虛弱伏臥，如疳積、有蛔蟲等情」，玉篇：「顪，面頗顪貌。聲類云：面瘠貌」，集韻：「頗，丘咸切，音咸hâm（ㄏㄚㄇ5）」，廣韻：「顪，盧感切」，讀lám（ㄌㄚㄇ2），音義皆合。

亦可作「瘕坦伏」，謂因瘕而坦伏【坦，平也；伏，偃也，覆也；坦伏，身體平放俯臥】，方書：「腹中雖硬，忽聚忽散，無有常準，謂之瘕」，史記扁鵲倉公傳：「臣意診其脈曰蟯瘕」，注：「人腹中短蟲」，中文大辭典：「瘕，病也」，則「瘕病」即蛔蟲之類的病，往往造成病體虛弱，集韻：「瘕，居牙切，音嘉ka（ㄍㄚ1）」。

亦可作「疳坦伏」，謂因疳而坦伏，玉篇：「疳，小兒疳疾」，即疳積之病，集韻：「疳，沽三切，音甘kam（ㄍㄚㄇ1）」，可音轉ka（ㄍㄚ1）。

攪營【捲縈、攪縈】

人際間的攪和、鑽營、牽纏，河洛話稱ká-iâⁿ（ㄍㄚ2-ㄧㄚ5鼻音），既然是攪和與鑽營，應可作「攪營」，廣韻：「攪，古巧切，音絞ká（ㄍㄚ2）」，廣韻：「營，余傾切，音瑩îng（ㄧㄥ5）」，俗多白讀iâⁿ（ㄧㄚ5鼻音），如兵營、營區。

亦可作「捲縈【或卷縈】」，廣韻：「縈，繞也」，說文：「縈，收卷也」，可見「卷【同捲】」、「縈」同義，皆纏繞也，「捲縈」為同義複詞，人際間的交纏牽繞河洛話即說為「捲縈」，廣韻：「捲，居轉切」，白讀kńg（ㄍㄥ2），如龍捲風，然俗亦白讀ká（ㄍㄚ2），如捲螺仔風、捲螺螄。

南史周盤龍傳：「父子兩騎，縈攪數萬人」，縈攪，旋繞以攪亂之也，言周盤龍父子兩騎，使數萬人為之「縈攪」，不管「縈攪」，還是「攪縈」，總之人情鼎沸，人際活絡，亦是河洛話說的ká-iâⁿ（ㄍㄚ2-ㄧㄚ5鼻音），故ká-iâⁿ（ㄍㄚ2-ㄧㄚ5鼻音）亦可作「攪縈」，造句如「他四界合人攪縈【捲縈、攪營】，緊慢會出事事【「事事」讀tāi-tsì（ㄉㄞ7-ㄐㄧ3）】」。

0166 佮、敆【合】

說文：「佮，合也」，集韻：「佮，葛合切」，音kap（ㄍㄚㄅ4）、kah（ㄍㄚㄏ4），不過工具書中「佮」字無收錄詞條，屬僻字。

爾雅釋詁：「敆，合也」，集韻：「敆，葛合切」，音kap（ㄍㄚㄅ4）、kah（ㄍㄚㄏ4），工具書中「敆」字亦無收錄詞條，亦屬僻字。

說文釋例：「佮敆音義並同」，說文徐箋：「合敆古今字」，正字通：「敆，同合」，可知合、佮、敆互通。

臺灣語典卷一：「人相耦為佮、物相聚為敆」，不知所據為何，今人不察，遂以「你佮我」、「我佮同學去買物件」、「敆藥粉」、「敆做一包」為俗常寫法。

合、佮、敆互通，佮、敆又屬僻字，實宜以「合」統之，音有四：一讀hȧh（ㄏㄚㄏ8），如「鞋仔合腳」、「合他的意」、「衫仔合軀」；二讀hȧp（ㄏㄚㄅ8），如「合作」、「合股」、「合謀」；三讀kah（ㄍㄚㄏ4），如「你合我」、「衫合褲」、「合意」；四讀kap（ㄍㄚㄅ4），如「合藥粉」、「二包合做一包」。

0167 佮【合、俱、交、咸、含】

北京話「我和你」、「我與你」、「我及你」，說法不同，意思相同，換做河洛話，也有相同的現象，而且河洛話也有三種說法：

其一，我「kah（ㄍㄚㄏ4）」你，kah（ㄍㄚㄏ4）俗作「佮」，「佮」屬僻字，與「合」通，宜作通俗平易的「合」【見0166篇】。

其二，我「kiau（ㄍㄧㄠ1）」你，kiau（ㄍㄧㄠ1）宜作「俱」、「交」，「俱」作皆、偕、齊同解，「交」作俱、共、合、齊解。「俱」讀ku（ㄍㄨ1），可轉kiau（ㄍㄧㄠ1），「交」讀kau（ㄍㄠ1），亦可轉kiau（ㄍㄧㄠ1）。

其三，我「hâm（ㄏㄚㄇ5）」你，hâm（ㄏㄚㄇ5）宜作「咸」，「咸」作皆、偕、同解；亦可作「含」，釋名釋言語：「含，合也」，文選阮籍奏記詣蔣公牋：「含一之德」，注：「含，咸也」，說文通訓定聲：「合，假借為含」，廣韻：「含，胡男切」，讀hâm（ㄏㄚㄇ5）。

可見合、俱、交、咸、含五字同義，皆運用於日常口語間。

0168 甲意【合意、愜意】

河洛話說「滿意」、「喜歡」為kah-ì（ㄍㄚㄏ4-ㄧ3），俗多作「甲意」，如「我誠甲意他的態度」。

甲，十干之首，具第一義，或因此有以為「甲意」即第一心意，引申作最喜歡。

其實「甲意」宜作「合意」，即合乎心意，與北京話寫法、用法一樣。

按「合」屬入聲字，可讀hȧp（ㄏㄚㄅ8），如「合作」；可讀hȧh（ㄏㄚㄏ8），如「合軀」；可讀kap（ㄍㄚㄅ4），如「合藥」；可讀kah（ㄍㄚㄏ4），如「合意」。音雖繁多，變化卻不大，都在k（ㄍ）、h（ㄏ）聲部，與ap（ㄚㄅ）、ah（ㄚㄏ）韻部，在第四、第八調調部的固定範圍內打轉。

亦可作「愜意」，愜，饜足也；愜意，心滿意足也。韓偓詩：「愜意凴欄久，貪吟放盞遲」，朱熹答萬正淳書：「集注誠有病語，中間常改定，亦未愜意」，廣韻：「愜，苦協切，音篋khiap（ㄎㄧㄚㄅ4）」，亦可讀khah（ㄎㄚㄏ4）、kah（ㄍㄚㄏ4）。何況「愜」从夾聲，口語讀如夾，廣韻：「夾，古洽切，音甲kah（ㄍㄚㄏ4）」。

衫仔褲【衫合褲】

北京話口語存在著特有的「儿」化現象，如樹葉兒、小魚兒、哥兒倆好……等，河洛話亦存在類似現象，那就是口語間常出現「『a（Ｙ）』化現象」。

河洛話口語的「a（Ｙ）化現象」，不外「a（Ｙ）」音出現於語首、語中、語尾三種狀況，其中a（Ｙ）音出現在語中，且「a（Ｙ）」音前後皆名詞者，存在一些問題，這是本文要討論的。

「a（Ｙ）」音前後皆名詞者，如「車仔店」、「樹仔葉」、「刀仔柄」，這是一種詞型，「仔」字前後兩名詞具有從屬關係，如前所舉例句，「店」與「車」有關，「葉」與「樹」有關，「柄」與「刀」有關，此類構詞似乎詞中省略「的」字，原詞應為「車仔的店」、「樹仔的葉」、「刀仔的柄」。

另一詞型如「衫仔褲【衣和褲】」、「父仔囝【父和子】」、「桌仔椅【桌和椅】」，「a（Ｙ）」音前後兩名詞屬平行關係【不具從屬關係】，這時「仔」宜作「合kah（ㄍㄚㄏ4）」，口語音因「kah（ㄍㄚㄏ4）」輕讀而近「a（Ｙ）」音，後來被訛寫為「仔」。

0170 尬車【較車】

電視上偶有飆車族在空曠處「尬車」的新聞，「尬車」是新語詞，意思是比看誰開車較快，它不是北京話，是不折不扣的河洛話。

「尬車」河洛話讀kah-tshia（ㄍㄚㄏ4-ㄑㄧㄚ1），這語詞用「尬」字，大概是因為「尬」字的北京話讀做ㄍㄚˋ，和河洛話的kah（ㄍㄚㄏ4）置前變二調讀音一樣，但這寫法實在不通，因為一來「尬」字的河洛話讀kài（ㄍㄞ3）、khiat（ㄎㄧㄚㄉ4），不讀kah（ㄍㄚㄏ4），音不對；二來「尬」，行不正也，如尷尬，與「比較」【「尬車」是在比較車速誰快】無關，義不對。

古代比較武藝的場地（即比武場）叫做「較場kah-tiû^{n}（ㄍㄚㄏ4-ㄉㄧㄨ5鼻音）」，後來用來做刑場，成為午時三刻人頭落地的地方。

「較」讀做kàu（ㄍㄠ3），也讀做kah（ㄍㄚㄏ4）【廣韻：「較，古岳切，音覺kak（ㄍㄚㄍ4），音轉kah（ㄍㄚㄏ4）」】），一般人忽略「較」字口語可讀kah（ㄍㄚㄏ4），才把「較車」寫成「尬車」，把「西瓜比檸檬較大粒」寫成「西瓜比檸檬卡大粒」。

0171 戒菸戒酒【改薰改酒】

河洛話的「改」和「戒」聲音接近，但調值不同，「改kái（ㄍㄞ2）」讀二調，「戒kài（ㄍㄞ3）」讀三調。

「改」和「戒」聲調不同，意義也不同，「改」作「改更懲止」義，晉書成公綏傳：「鍾期棄琴而改聽，尼父忘味而不食」，句中「改聽」即改掉聆聽舊音的習慣，簡言之，即不再聽琴，因此「改」字是對所為有悔意後，改變且「終止」該行為，如改惡、改過、改錯、改脾氣。

「戒」作「警戒防患」義，成公綏戒火文：「乃造於四鄰，以為戒火文」，句中「戒火」即「謹慎用火」，因此「戒」字是對所為有警惕後，謹慎或減少該行為，並非終止該行為，如戒之在色、戒口業、戒肉食。

北京話「戒菸戒酒」，河洛話說kái-hun-kái-tsiú（ㄍㄞ2-ㄏㄨㄣ1-ㄍㄞ2-ㄐㄧㄨ2），應寫做「改薰改酒」，不可寫做「戒菸戒酒」，因為是要斷除菸酒，改變惡習，終止吸菸喝酒的行為，不是變成謹慎或減少吸菸喝酒的行為。

0172 奎邊【胯邊】

莊子徐無鬼：「濡需者，豕蝨是也，擇疏鬣自以為廣宮大囿，奎蹏曲隈，乳間股腳，自以為安室利處」，所謂「奎蹏」即奎蹄，即指股間與蹄邊，言股間與蹄邊彎曲下凹，雖然疏鬣，卻為豕蝨藏身之處。

說文：「奎，兩髀之間」，廣韻：「髀，股也」，「奎」即兩股之間，河洛話稱「兩股之間」的部位為kái-pi^{n}（ㄍㄞ2-ㄅㄧ1鼻音），即可作「奎邊」，集韻：「奎，犬榮切，音跬khuí（ㄎㄨㄧ2）」，可轉khái（ㄎㄞ2）、kái（ㄍㄞ2），這與「開」字同時可讀khui（ㄎㄨㄧ1）和khai（ㄎㄞ1）的道理一樣。

漢語大詞典：「奎，胯也」，說文：「胯，股也」，詞「胯步當」、「胯股」、「胯間」、「胯下辱」、「胯當裡」，皆大家所熟知，「胯」所指的就是兩股之間，集韻：「胯，枯買切」，讀kái（ㄍㄞ2）【「買」字文讀音為mái（ㄇㄞ2）】，故kái-pi^{n}（ㄍㄞ2-ㄅㄧ1鼻音）亦可寫做「胯邊」，而且此一寫法似乎比「奎邊」來得更通俗，更平易，似乎更佳。

0173 兇介介、兇駭駭【兇睽睽、兇遽遽、遑遽遽】

河洛話hiông-kài-kài（ㄏㄧㄛㄥ5-ㄍㄞ3-ㄍㄞ3）一指凶暴，一指遽發，有作「兇睽睽」，睽，視也；兇睽睽，目視兇惡也，廣韻注「睽」古拜切，讀kài（ㄍㄞ3）。

有作「兇介介」，按「介介」作隔離、耿耿、有害、耿直……等義，形容「兇」，欠妥，且「兇介介」詞義不明。有作「兇駭駭」，駭駭，鼓聲也，狀「兇」亦欠妥。

hiông-kài-kài（ㄏㄧㄛㄥ5-ㄍㄞ3-ㄍㄞ3）若作凶暴義，可作「兇遽遽」，楚辭九章惜誦：「眾駭遽以離心兮」，世說新語雅量：「風起浪湧，孫文黼正憂遽」，閱微草堂筆記：「雨稍止，即惶遽拜謝出」，前引「駭遽」、「憂遽」、「惶遽」，詞構與「兇遽」類近，「兇遽遽」即「兇遽」之加重疊詞，作凶暴義。

hiông-kài-kài（ㄏㄧㄛㄥ5-ㄍㄞ3-ㄍㄞ3）若作遽發義，可作「遑遽遽」，說苑雜言：「渡河而遽墮水中，船人救之」，王安石與郭祥正太博書之四：「遽此為別，豈勝區區愧恨」，遽，倉猝也，與「遑」同，「遑遽」、「遑遽遽」皆遽發也。

「遽」音kì（ㄍㄧ3），與kài（ㄍㄞ3）差一a（ㄚ）音，「采」之古今音亦如是。

0174 假若【恰若、卻若】

「好像」一詞，以河洛話來說，可說成「若」、「像」、「若像ná-tshiū^{n}（ㄋㄚ2-ㄑㄧㄨ7鼻音）」、「kah-ná（ㄍㄚㄏ4-ㄋㄚ2）」……等。

把kah-ná（ㄍㄚㄏ4-ㄋㄚ2）寫做「假若」，雖然成詞，且聲音相符，但可行嗎？

如果可行，「他『若像』來矣」和「他『假若』來矣」應該同義，但顯然並非如此，因前句意思是「他好像來了」，後句意思卻是「他如果來了」，句意迥然不同。

「假若」的河洛話說成「若是nā-sī（ㄋㄚ7-ㄒㄧ7）」（「若」讀七調）。河洛話說kah-ná（ㄍㄚㄏ4-ㄋㄚ2），應該寫做「恰若」（「若」讀二調），而非「假若」。「恰」字从忄合聲，口語讀如合kah（ㄍㄚㄏ4）**【按「恰若」的口語音，kah（ㄍㄚㄏ4）因置前變二調ká（ㄍㄚ2），口語亦有變八調kȧh（ㄍㄚㄏ8），甚至拉成長音ka（ㄍㄚ1）】**。

亦可作「卻若」，「卻」讀koh（ㄍㄜㄏ4），音轉kah（ㄍㄚㄏ4）。

「他『若像』來矣」、「他『恰若』來矣」和「他『卻若』來矣」，三句話意思相同，都是說「他好像來了」。

0175 撿角【可擱、可去、搉去】

河洛俗諺有云：「一世人撿角」，言人一輩子沒出息，好比撿起不好的東西加以丟棄一般，在此，「角」喻零碎不完整，引伸作不好的東西解，「撿角」讀khioh-kak（ㄎㄧㄜㄏ4-ㄍㄚㄍ8）【俗口語音亦有讀「角」為kak（ㄍㄚㄍ4）】，明顯的，「撿角」為記音寫法，事後還強加解釋試圖合理化，其實「撿角」寫法不足取。

有作「矯角【或作「搆角」】」，言作品尚未完成，仍須矯飾稜角，引申無所成，寫法與「撿角」一樣，屬臆造之詞【「角」字無據】。

有作「可擱」，意指可擱置不用，即無所用、無用，字彙補：「可，音克khik（ㄎㄧㄍ4）」，音轉khioh（ㄎㄧㄜㄏ4），故「可擱」用法典雅可取。

其實亦可作「可去」，意指可以丟棄，亦即無用，寫法比「可擱」強烈，作消極貶義詞似更佳。【「去」可讀kak（ㄍㄚㄍ8），見0177篇】

亦可作「搉去」，意指取而丟棄，用法較「可擱」、「可去」差。「搉」可讀khioh（ㄎㄧㄜㄏ4），如搉襉、搉肖影。

0176 刣囝、擲囝【桀囝、獗囝】

河洛話偶有疊字成詞且兩字異讀者，如勸勸khuàn-khǹg（ㄎㄨㄢ3-ㄎㄥ3）、蓋蓋khàm-kuà（ㄎㄚㄇ3-ㄍㄨㄚ3）、擔擔taⁿ-tàⁿ（ㄉㄚ1鼻音-ㄉㄚ3鼻音）。

有說「刣刣」讀khioh-kȧk（ㄎㄧㄜㄏ4-ㄍㄚㄍ8），前「刣」字，撿拾也，後「刣」字，丟棄也，「刣刣」乃撿起且加以丟棄。【「刣刣」宜作「可去」，見0175篇】

有說「擲擲」讀thik-kȧk（ㄊㄧㄍ4-ㄍㄚㄍ8），兩「擲」字異讀同義，皆丟擲也。

巧的是河洛話罵人「無用」就說「刣刣khioh-kȧk（ㄎㄧㄜㄏ4-ㄍㄚㄍ8）」、「擲擲thik-kȧk（ㄊㄧㄍ4-ㄍㄚㄍ8）」，都是「可丟棄」義的衍伸。【「擲擲」宜作「擲去」】

俗罵子叛逆不成材為kȧk-kiáⁿ（ㄍㄚㄍ8-ㄍㄧㄚ2鼻音），則不宜作「刣囝」、「擲囝」，在此kȧk（ㄍㄚㄍ8）為狀詞，非動詞，宜作「桀」，桀，桀黠也。

俗罵子叛逆不成材亦說tshiang-kiáⁿ（ㄑㄧㄤ1-ㄍㄧㄚ2鼻音），宜作「猖囝」，則上述「桀囝」亦可作「獗囝」，「猖」與「獗」義近且可結合成詞，「猖囝」、「獗囝」遂成一雙妙搭擋。

0177 擲投擱【擲投去】

北京話「丟掉」的河洛話說法很多，不過大都大同小異，且都有個kȧk（ㄍㄚㄍ8）音，河洛話的kȧk（ㄍㄚㄍ8）即「棄去」，俗多作「擱」，如抗擱、棄擱、抗棄擱hiat-hì-kȧk（ㄏㄧㄚㄉ4-ㄏㄧ3-ㄍㄚㄍ8）、擲棄擱【「擲」白讀tàn（ㄉㄢ3）】、投擱【「投」白讀thò（ㄊㄜ3）】、擲投擱。只是字書注「擱」作停置解，如擱置、擱淺、擱筆，「擱」實無「棄去」義。

「擱」宜作「去」。雖廣韻、集韻、韻會、正韻等韻書注「去」作平、上、去聲，就是不作入聲，然諸多含「去」之形聲字，如法、砝、盍、闔、刦、怯、厒、呿、抾、魼、蓋、抾、劫、却……等皆讀入聲，「去」古音應讀入聲，且由上述法、砝、盍、闔、蓋、抾、劫、却……等字加以推敲，「去」可讀kȧk（ㄍㄚㄍ8），則抗擱、棄擱、抗棄擱、擲棄擱、投擱、擲投擱，可作抗去、棄去、抗棄去、擲棄去、投去、擲投去，不但音無誤，而且義準確可行，應為較理想的寫法。

俗罵人無用為「可擱khioh-kȧk（ㄎㄧㄜㄏ4-ㄍㄚㄍ8）」，則應作「可去」。

0178 簽鍸【籃鍸、籃鍸】

早期農村，竹編農具如「篩thai（ㄊㄞ1）」、「簽kám（ㄍㄚㄇ2）」，幾乎家家都有，「篩」與「簽」皆竹編農具，「篩」有孔目，用來篩取穀物，如米篩；「簽」無孔目，用來盛放穀物，或作曝曬農作的盛具【如用來曬菜葉、白蘿蔔切片……】，小的如簽仔，大的如簽鍸。

「簽」疑為後人造字，字書未收，應作「籃【或「籃」】」【見0179篇】。

較大的籃，兩三個國小幼童都能躺得上去，河洛話稱「kám-ô（ㄍㄚㄇ2-ㄛ5）」，「kám（ㄍㄚㄇ2）」寫做「籃」自無疑義，至於「ô（ㄛ5）」，俗有作「湖」，為記音寫法，當然不宜，俗則有作「匫」，就造字理趣而言，「匫」从匚胡聲，匚係藏物之器，「胡」讀ô（ㄛ5），於義於音皆有可取之處，可惜字書未收「匫」字，「匫」屬新造字或臆造字。

ô（ㄛ5）不妨作「鍸」，集韻：「鍸，黍稷器，夏曰鍸，商曰璉，周曰簠簋」，可見「鍸」為農作盛具，集韻：「鍸，洪孤切，音胡ô（ㄛ5）」。

0179 箃仔店【匴仔店、籃仔店】

時至今日，利用電腦從事寫作或處理文書的，已越來越普遍，而且成為趨勢。

現今電腦文書軟體往往具有造字功能，想輸入一個成字，如果它不在電腦字庫裡，只要懂得造字，照常可以將該字造出來，相同的，如果想輸入一個非成字，甚至是純屬個人獨創的字呢？

天啊！人人皆倉頡，天下要大亂了。

有人將早期的小雜物店寫做「箃仔店kám-á-tiàm（ㄍㄚㄇ2-ㄚ2-ㄉ一ㄚㄇ3）」，但遍查字典，就是無此「箃」字，才知道原來又是一個倉頡。

廣韻、集韻：「匴，箱類也」，增韻曰：「匴，蓋器」，可見「匴」可以用來盛放東西，也可以用來罩蓋東西，乃早期農業社會常見的器具，稱「匴仔」【匴仔無孔目，篩仔有孔目，兩者形似】，廣韻、集韻：「匴，古禫切」，讀做kám（ㄍㄚㄇ2）。

篇海：「籃，箱屬」，廣韻、集韻：「籃，古禫切」，亦讀做kám（ㄍㄚㄇ2）。

早期小雜物店，貨品置於「匴仔【或「籃仔」】」內展售，故稱「匴仔店【或「籃仔店」】」。

0180 酒矸【酒鈃、酒瓨】

河洛歌曲的歌詞裡頭，「酒瓶」一般都寫做「酒矸tsiú-kan（ㄐ一ㄨ2-ㄍㄢ1）」，似乎已是常態寫法，大家早就習慣了。

集韻：「矸，居寒切，音干kan（ㄍㄢ1）」，音合，但是「矸」字作山石貌、白淨貌，是狀詞字，或作磓、擊、碇石、碾繪解，或通作岸、干，顯然的，與容器無關，寫酒瓶為「酒矸」應屬記音寫法，義不足取。

廣韻：「瓶，旁經切，音萍pîng（ㄅ一ㄥ5）」，白話讀pân（ㄅㄢ5），如熱水瓶、溫瓶、酒瓶，雖與kan（ㄍㄢ1）音近，調卻不同，這大概是tsiú-kan（ㄐ一ㄨ2-ㄍㄢ1）不被直書「酒瓶」的原因。

tsiú-kan（ㄐ一ㄨ2-ㄍㄢ1）可作「酒鈃」，中文大辭典：「鈃，酒器，似鍾而長頸」，集韻：「鈃，經天切」，讀kian（ㄍ一ㄢ1），可轉kan（ㄍㄢ1）。

亦可作「酒瓨」，中文大辭典：「瓨，容器名，長頸，瓶也」，集韻：「瓨，古雙切，音江kang（ㄍㄤ1）」，可轉kan（ㄍㄢ1）。

0181 干乾【僅單、僅徒】

「唯獨」的河洛話說成kan-ta（ㄍㄢ1-ㄉㄚ1）或kan-ta^{n}（ㄍㄢ1-ㄉㄚ1鼻音），ta（ㄉㄚ1）帶不帶鼻音皆可，俗多作「干乾kan-ta（ㄍㄢ1-ㄉㄚ1）」，初看此詞，不識河洛話者【即不會說且聽不懂河洛話者】必如入五里霧中，難曉其義。

照說「乾」讀kan（ㄍㄢ1），如乾杯；或讀khiân（ㄎㄧㄢ5），如乾坤；讀ta（ㄉㄚ1）係訓讀音，表欠水或無水狀態，乃「焦」、「澌」之替代字。

「唯獨」即「僅僅」，即「單單」，即「獨獨」，「唯獨我無」、「僅僅我無」、「單單我無」、「獨獨我無」四句話意思相同，其實唯、獨、僅、單是同義字。

因之，「唯獨」乃同義複詞，「僅單」亦是，兩者同義，「單」讀tan（ㄉㄢ1），如單獨；讀tua^{n}（ㄉㄨㄚ1鼻音），如孤單；讀ta^{n}（ㄉㄚ1鼻音），如單我有、不單有飯也有菜，將kan-ta^{n}（ㄍㄢ1-ㄉㄚ1鼻音）作「僅單」，可謂音義皆合。

亦有作「僅徒」，一切經音義下：「徒，猶獨也」，僅徒，唯獨也，「徒tô（ㄉㄛ5）」可轉tâ（ㄉㄚ5），置前變七調，與一調ta（ㄉㄚ1）之置前變七調同。

0182 嫺婢、環婢、鬟婢【囝婢】

河洛話稱「丫鬟」為「婢pī（ㄅㄧ7）」，如奴婢；稱「鬟huân（ㄏㄨㄢ5）」，如丫鬟【或「丫環」】；亦有稱「kán（ㄍㄢ2）」，該怎麼寫？

有作「嫺」，以為「嫺」从女間聲，可像「簡」字一樣，讀做kán（ㄍㄢ2），其實「嫺」作嫺雅、沉靜、熟練解，義不合，且「嫺」讀hân（ㄏㄢ5），音亦不合。

臺灣漢語辭典作「鬟【或「環」】」，義可行，但「鬟huân（ㄏㄨㄢ5）」調不合。

筆者以為：或可借「囝」字一用。

按「囡」與「囝」皆吳方言，皆指稱小孩，漢語大詞典：「囝，也寫作囡」，兩字互通，「囝」指男孩，「囡」指女孩。

由文字結構看，兩字皆受「囗」包圍，字書認為「囗」表示保護，因男孩女孩都須加保護。設若「囗」表示限制，則「囡」可視為行為受限的女子，如丫鬟。

「囡」讀kián（ㄍㄧㄢ2）（與「囝」同音），音轉gín（ㄍ'ㄧㄣ2），作小孩義，如諸女囡仔；音轉kán（ㄍㄢ2），借作丫鬟義，如囡婢、老囡、幼囡、諸女囡、陪嫁囡。

0183 一俱人、一家人【一行人】

莊子天運：「道可載而與之俱也」，戰國齊策：「儀與之俱」，注：「俱，偕也」，史記孔子世家：「孔子適周，魯君與之一乘車，兩馬，一豎子俱」，「俱」謂偕同而合也，舉凡家庭、同好等之聚合皆屬之，俗有「一俱人」、「一俱牛仔」之說，言一個家族、一個牛家庭。廣韻：「俱，舉朱切，音拘ku（ㄍㄨ1）」，在此音轉讀kâⁿ（ㄍㄚ5鼻音）。

或可作「一家人」、「一家牛仔」，言一個家族、一個牛家庭。「家」音ka（ㄍㄚ1），音轉kâⁿ（ㄍㄚ5鼻音），似比上面「俱」字之音轉來得自然，不過「家」、「俱」之音轉過程連調值也轉變了，這是比較大的缺點。

作「一行人」、「一行牛仔」似更佳，言相友好者同行或一群牛同行，「行」俗白讀kiâⁿ（ㄍㄧㄚ5鼻音），在此音轉kâⁿ（ㄍㄚ5鼻音），音近調同，較為合理。

河洛話「一行十外名」、「一行人離開高雄」，「行」有讀kiâⁿ（ㄍㄧㄚ5鼻音），俗亦讀kâⁿ（ㄍㄚ5鼻音）。

0184 攜囝改嫁【兼囝改嫁】

有一老婦名「犇」，其孫問老師「犇」如何讀，老師遍查字書，未果，疑「犇」為臺灣土造字，意指大牛帶小牛拉車，河洛話稱kâ[n]（ㄍㄚ5鼻音），如「犇小牛拖車」。

kâ[n]（ㄍㄚ5鼻音）作兼有、攜帶義，如婦女喪偶後攜子女再嫁，河洛話稱「『攜kâ[n]（ㄍㄚ5鼻音）』囝改嫁」，攜，帶也，廣韻：「攜，戶圭切，音畦hê（ㄏㄝ5）」，因韻e（ㄝ）、a（ㄚ）可互轉，「攜」亦讀hâ（ㄏㄚ5）【如假、下、加、家……等即有此互轉現象】，再轉kâ[n]（ㄍㄚ5鼻音）【h（ㄏ）與k（ㄍ）屬同一發音部位，亦可互轉】。

kâ[n]（ㄍㄚ5鼻音）亦可寫做「兼」，雖「兼kiam（ㄍㄧㄚㄇ1）」讀一調，俗亦白讀kâ[n]（ㄍㄚ5鼻音），如「他同時兼兩個職位」、「他一個人兼三個囝」、「摸蜊仔兼洗褲」，以上「兼」讀kiam（ㄍㄧㄚㄇ1），亦讀kâ[n]（ㄍㄚ5鼻音）。

就文字結構來說，一手執二禾即「兼」，作併、俱、同、並有義，「攜囝改嫁」作「兼囝改嫁」亦可。

0185 放屁安狗心【放屁安口心】

河洛話說：「我聽你放屁」，「放屁」意指胡說八道、隨便亂說，指虛意的言語，或胡亂的言說，不是真的指「放屁」這件事。

河洛話「放屁安狗心」意思不是「以放屁來安撫狗心」，而是「用虛意的語言來安撫人心」，或「以輕率、隨意的言說來安撫人心」，「放屁」指虛言，指輕率之說，但奇怪，這與「狗心káu-sim（ㄍㄠ2-ㄒㄧㄇ1）」何關，難道虛言與輕率之說真能安撫狗的心？

「狗心」其實應作「口心」，「放屁安口心」即「以虛意的語言安撫人之口與人之心」，「口kháu（ㄎㄠ2）」可音轉káu（ㄍㄠ2），如河洛話稱啞巴為「啞口」。

「狗心」或亦可作「糾心」，「糾心」即糾結不開的之心，「放屁安糾心」即「以虛意的語言安撫糾結不開的心」，義亦可行，集韻：「糾，舉夭切，音矯kiáu（ㄍㄧㄠ2）」，可音轉káu（ㄍㄠ2）。

綜觀之，「放屁安口心」最佳，「放屁安糾心」次之，「放屁安狗心」次次之。

0186 九尾雞【狗尾雞】

時下有食品名「九尾雞káu-bué-ke（ㄍㄠ2-ㄅㄨㄝ2-ㄍㄝ1）」者，其名稱實在令人難解，難道是指生來有九尾的雞？有九尾的雞又長得怎麼樣？

或有說「九尾雞」乃「翹尾雞」之訛轉，「翹」音khiàu（ㄎㄧㄠ3），音轉káu（ㄍㄠ2），此說牽強無據，何況公雞雞尾翹起來的比比皆是，稱「翹尾雞」實顯不出有何特殊出眾之處，對食品命名並無加分效果。

或有說「九尾雞」乃「枸尾雞」之誤，而「枸尾雞」即指「枸尾草」與「烏骨雞」調理而成的料理，這似乎較有道理，然與木部「枸」字相關的植物有「枸杞」、「枸骨」、「枸棘」、「枸榔」、「枸橘」、「枸櫞」、「枸檵」……等，卻獨無「枸尾草」。

雖沒有「枸尾草」，卻有「狗尾草」，按本草‧狗尾草：「釋名：秀，光明草，阿羅漢草，秀穗形象狗尾，俗名狗尾草」，民間亦稱通天草，性溫潤，具開脾、降胃火之效，常燉排骨、青蛙、瘦肉、虱目魚等。

「九尾雞」應作「狗尾雞」，指「狗尾草」與「烏骨雞」調理而成的料理。

0187 九怪【狡獪】

古來「九」是數字之極。素問三部九侯論：「天地之至數，始於一，終於九焉」，漢書司馬遷傳：「腸一日而九回」，當然不是說腸道剛好「九」個迴轉，而是說腸道有「很多」個迴轉。

或因「九」有「多」義，世俗便把「猾頭」、「頑皮」的河洛話寫做「九怪káu-kuài（ㄍㄠ2-ㄍㄨㄞ3）」，用「多怪」之義以狀猾頭者的狡獪好進，是非無端，但這種說法與「猾頭」不甚相符，何況「九怪」會令人以為是在指「九個妖怪」，故絕非正確寫法。

「九怪」應寫做「狡獪」，宋史侯陟傳：「陟性狡獪好進，善事權貴」，韓愈嘲酣睡詩：「道賊雖狡獪，亡魂敢窺闖」，老殘遊記第十七回：「你親筆字句都寫了，還狡獪什麼」，「狡獪」即多詐，是個成詞。

廣韻：「狡，古巧切，音絞kiáu（ㄍㄧㄠ2）」，白讀káu（ㄍㄠ2），正韻：「獪，古壞切，音怪kuài（ㄍㄨㄞ3）」，與河洛話語音完全相符。

0188 狗母鍋【鈷錛鍋、鈷鏻鍋】

香港人重吃，舉凡食材、調味、火候，甚至鍋釜都極考究，聽說鍋釜有與臺灣「狗母鍋káu-bó-ue（ㄍㄠ2-ㄅ'ㄜ2-ㄨㄝ1）」類似者，料理魚翅、鮑魚，非它莫屬。

「狗母鍋」之命名可謂傖俗而且有力，除非有特殊典故，否則極易令人懷疑其說法或寫法的正確性，鍋名「狗母」，簡直匪夷所思。

其實「狗母鍋」乃「鈷錛鍋【或鈷鏻鍋】」之訛說與訛寫，按「鈷錛」有二義，一指溫器，即熨斗，本草綱目金石八諸銅器：「銅鈷鏻，一作鈷錛，熨斗也」；一指大口之釜，事物異名錄器用銚：「藝海，晉高帝元宮內有金鎢錆，一名銼鑹【亦作「鏍」】，一名鈷錛」，太平御覽卷七五七引南朝宋何承天纂文：「秦人以鈷錛為銼鑹」，隋書地理志下：「婚嫁以鐵鈷錛為聘財」，元楊維楨和盧養元書事之一：「蕃廝夜歌銅鈷錛，蠻酋春醉錦屠蘇」。

集韻：「鈷，果五切，音古kó͘（ㄍㄛ2）」，廣韻：「錛，莫補切，音姥bó͘（ㄅ'ㄛ2）」，「鈷錛」口語音與「狗母」相近，故被訛說、訛寫為「狗母」。

0189 到【佫、假】

「到」字从至刂聲，意思是「至」，其實是「至」的後造字【加上聲根「刂to（ㄉㄜ1）」】，讀音近「刀」，讀tò（ㄉㄜ3），如報到、到處、達到。

「到」的河洛話亦說「kàu（ㄍㄠ3）」，俗作「佫」，廣韻：「佫，古伯切，音格kik（ㄍㄧㄍ4）【或keh（ㄍㄝㄏ4）】」，但「佫」从彳各聲，亦讀如各kok（ㄍㄛㄍ4）。

按，韻部ok（ㄛㄍ）可轉au（ㄠ），如燈泡和泡茶的「泡」，前讀phok（ㄆㄛㄍ4），後讀phàu（ㄆㄠ3）；落第和落下頦的「落」，前讀lȯk（ㄌㄛㄍ8），後讀làu（ㄌㄠ3）；下走和走跳的「走」，前讀tsok4（ㄗㄛㄍ4），後讀tsáu（ㄗㄠ2）；下毒和毒魚的「毒」，前讀tȯk（ㄉㄛㄍ8），後讀thāu（ㄊㄠ7）；哭喪棒和哭聲的「哭」，前讀khok（ㄎㄛㄍ4），後讀khàu（ㄎㄠ3）。

「佫」的口語音亦由kok（ㄍㄛㄍ4）音轉kàu（ㄍㄠ3），方言一：「佫，至也，邠、唐、冀、兗之閒曰假，或曰佫」；其實作「假」亦可，集韻：「假，方言，至也」，集韻：「假，居迓切，音賈kà（ㄍㄚ3）」，可轉kàu（ㄍㄠ3）。

0190 佫抵佫、夠抵夠【湊得巧、恰適巧】

「他不是好人，『kàu-tú-kàu（ㄍㄠ3-ㄉㄨ2-ㄍㄠ3）』與我臆著」，其中「kàu-tú-kàu（ㄍㄠ3-ㄉㄨ2-ㄍㄠ3）」，即果不其然、果然、剛好、湊巧，有作「佫抵佫」或「夠抵夠」，「佫」即到達，「夠」即足夠，以「到達」抵「到達」，「足夠」抵「足夠」，表示剛好完成、滿足，作果不其然、果然、剛好、湊巧義。

河洛話亦說「剛好」為tshàu-tú-khám（ㄘㄠ3-ㄉㄨ2-ㄎㄚㄇ2），有作「湊得巧」或「輳抵坎」，其實與kàu-tú-kàu（ㄍㄠ3-ㄉㄨ2-ㄍㄠ3）聲音極為相似，或許「佫抵佫」、「夠抵夠」，與「湊得巧」、「輳抵坎」，是音變所造成的分歧說法與寫法，原本是同語同義的。

亦可作「恰適巧」，即恰巧、適巧，亦即剛好，「恰」从忄合聲，可讀kah（ㄍㄚㄏ4），「適」音tú（ㄉㄨ2），中文大辭典：「恰，適也」，「恰適」為同義複詞，廣韻：「巧，苦教切」，讀khàu（ㄎㄠ3），作「恰適巧」音義皆合，且通俗易懂。

俗說「恰適好」，義與「恰適巧」同。

皮猴戲【皮偶戲】

河洛話稱皮影戲中的皮刻角色為phuê-kâu（ㄆㄨㄝ5-ㄍㄠ5），俗多作「皮猴」，寫法不能不說奇怪，而且似乎只要是讀做kâu（ㄍㄠ5）的，河洛話的寫法好像非寫做「猴」不可，這種僵化的寫法很不好。

皮影戲中的皮刻角色，不管是人物角色，還是非人物角色，都是皮偶，「皮偶」的口語即讀做phuê-kâu（ㄆㄨㄝ5-ㄍㄠ5）。

按韻書注「偶」讀ngó͘（ㄫㄛ2）、gō͘（ㄍ'ㄛ7），有說口語可讀gió（ㄍ'ㄧㄜ2），如偶數；讀giô（ㄍ'ㄧㄜ5），如偶的【同名者】；讀ang（ㄤ1），如柴頭偶仔。

有說「偶」口語亦讀kâu（ㄍㄠ5），如單身漢大家稱「無姥無偶」【「姥」讀bó（ㄅ'ㄛ2），意指沒老婆沒配偶】；俗稱嫖客及情夫為「偶」，捉姦即稱掠偶；老夫老婦戲稱彼此為老偶；以上「偶」口語皆讀kâu（ㄍㄠ5）。

傀儡戲即「偶戲」，戲中傀儡即「偶儡子」，皮影戲即「皮偶戲」，戲中角色即「皮偶」，以上「偶」非指配偶，都讀kâu（ㄍㄠ5），另有一番活潑逗趣的意味。

0192 掠猴【掠偶、掠媾】

河洛話一說到kâu（ㄍㄠ5），很多都寫做「猴」，好像這樣才夠「臺味」，才夠「土味」，令人費解。

例如商場上的仲介行為應為「掮交」或「牽交」，所謂掮客應為「掮交仔」或「牽交仔」，讀做khan-kau-á（ㄎㄢ1-ㄍㄠ1-ㄚ2），卻被寫做「牽猴仔」；老夫老婦間之互稱應為「老偶」，讀做lāu-kâu（ㄌㄠ7-ㄍㄠ5），卻被寫做「老猴」；大家熟悉的皮偶戲應為「皮偶」，讀做phuê-kâu（ㄆㄨㄝ5-ㄍㄠ5），卻被寫做「皮猴」；浪費物資應為「杜狗損五穀」，「杜狗」讀做tō͘-kâu（ㄉㄛ7-ㄍㄠ5），卻被寫做「大猴tuā-kâu（ㄉㄨㄚ7-ㄍㄠ5）」。

因婚外情，而捉姦在床，俗說「獵猴liàh-kâu（ㄌㄧㄚㄏ8-ㄍㄠ5）」，亦明顯不妥，「獵猴」乃捕捉猴子，哪是捉姦。應作「掠偶」，作捕捉私會男女之媾合行為解，或可作「掠媾」，媾，男女交媾也，廣韻：「媾，古候切」，可讀kàu（ㄍㄠ3），俗諧音訛做五調，戲說為「猴」。

0193 厚沙屑【厚瑣屑、厚蚤蝨】

河洛話「厚」和「夠」時常混用，前者因厚而有多義，後者因多而有足義，總之都有多義。

雖然這樣，「厚」和「夠」仍判然有別，不容混用，因為「厚」口語讀kāu（ㄍㄠ7），「夠」口語讀kàu（ㄍㄠ3），調值不同，讀音明顯不同，混淆不得，故有以為：河洛話稱「多話」為kāu-uē（ㄍㄠ7-ㄨㄝ7），應作「夠話」，因「夠」字為「多」「句」二字結合而成，剛好是「多話」的意思，看似有理，然經讀音檢驗，仍以「厚話」為正寫，因為音義皆合，若作「夠話」則義合音不合。

多麻煩、瑣碎、囉唆的人，河洛話說這種人個性「厚沙屑kāu-sua-sap（ㄍㄠ7-ㄙㄨㄚ1-ㄙㄚㄅ4）」，以沙粉碎屑堆積之「厚」來形容「多沙屑」，進而形容個性如厚多碎屑，不乾脆，囉嗦。

亦可作「厚瑣碎」，以瑣瑣碎碎之多來形容囉唆。另有說「厚蚤蝨【「蚤蝨」讀tsáu-sat（ㄗㄠ2-ㄙㄚㄉ4）】」，言跳蚤木蝨之多以形容麻煩很多。以上「厚」皆不宜作「夠」。

0194 韌餅餄【嫩餅捲】

春捲俗稱「韌餅」、「韌餅餄」，「餄」讀kauh（ㄍㄠㄏ4），當名詞；當動詞，則說「餄韌餅」；作單位詞，則說「一餄韌餅」。「韌餅」宜作「嫩餅」【見0160篇】。

「餄」有作「軌」者，取「九」之音，音可通，惟義欠明。

其實「餄」宜作「捲」，按「捲」可讀ká（ㄍㄚ2），如捲螺仔風、捲緊緊【「緊」讀ân（ㄢ5）】，可音轉kauh（ㄍㄠㄏ4），如同「及」、「倦」、「浹」皆讀kah（ㄍㄚㄏ4），「行及溪邊」、「軟倦倦」、「浹汗」卻都音轉kauh（ㄍㄠㄏ4）。

「捲」亦讀kńg（ㄍㄥ2），如蠔仔捲、雞肉捲、蝦捲，皆類似「嫩餅捲」做法，將主料捲於麵皮內而成。故食品稱「某某捲」者，「捲」可讀kauh（ㄍㄠㄏ4），亦可讀kńg（ㄍㄥ2）。

集韻：「餄，餅也」，前述「蠔仔捲」、「雞肉捲」、「蝦捲」、「嫩餅捲」等食品皆非餅屬，不宜作「餄」，宜作「捲」，且「捲嫩餅」、「嫩餅捲」、「一捲嫩餅」，音義皆合，用於北京話亦合宜。

軟夠夠【軟倦倦】

俗說非常疲軟為nńg-kauh-kauh（ㄋㄥ2-ㄍㄠㄏ4-ㄍㄠㄏ4），俗有作「軟夠夠」，欠妥，「夠」字三調，非入聲，與口語音聲調不合。

「軟夠夠」宜作「軟倦倦」，意謂因極度疲倦而顯軟弱之貌。

漢書司馬相如傳上：「長卿故倦遊」，注：「倦，疲也」，其餘如倦目、倦客、倦飛、倦怠、倦苦、倦敗……，「倦」皆作疲憊義，俗亦作「睏」，集韻：「倦，逵眷切」，音kuàn（ㄍㄨㄢ3），音轉khuàn（ㄎㄨㄢ3）、khùn（ㄎㄨㄣ3），如停一倦【休息一回，亦作「停一睏」】、倦醒【睡醒，亦作「睏醒」】。

從另一個角度看，「倦」是形聲字，與「捲」的形聲部位一致，皆發「卷」聲，「捲」可讀kńg（ㄍㄥ2），如捲舌、蝦捲、捲起來；可讀ká（ㄍㄚ2），如捲螺仔風、螺螄捲仔、捲緊緊（「緊」讀ân（ㄢ5））；可讀kauh（ㄍㄠㄏ4），如捲一捲嫩餅捲【三個「捲」字皆讀kauh（ㄍㄠㄏ4）】；「倦」从人卷聲，口語亦讀如捲kauh（ㄍㄠㄏ4），如軟倦倦憚怛怛【「憚怛怛」讀siān-tauh-tauh（ㄒㄧㄢ7-ㄉㄠㄏ4-ㄉㄠㄏ4），見0718篇】。

0196 捲餅【加餅】

吾人若將「嫩餅捲」、「捲嫩餅」、「一捲嫩餅」合併成「捲一捲嫩餅捲」，剛好將「捲」字的名詞、動詞、單位詞三種詞態表現在短短六個字的句子裡，而三個「捲」字皆可讀kńg（ㄍㄥ2），口語亦可讀kauh（ㄍㄠㄏ4）。

按嫩餅製作時，是將主料「捲」入麵皮之內，其他類似食品如蝦捲、蠔仔捲、花枝捲、雞肉捲、豬肉捲，製作時也都必須透過「捲」的動作來完成，故以「捲」字稱這些食品，實有所本。

俗亦有動作稱kauh（ㄍㄠㄏ4），但並不是「捲」的動作，而是將醬料塗加於餅乾或吐司之上，當然不宜寫做「捲」，而應寫做「加」。

按「加」可讀做ka（ㄍㄚ1），如增加、加菜；可讀ke（ㄍㄝ1），如加減、加一寡；可讀kah（ㄍㄚㄏ4）【有時與「較」同】，如加緊、加大。亦可音轉kauh（ㄍㄠㄏ4）【和「及」、「洨」、「捲」由kah（ㄍㄚㄏ4）音轉kauh（ㄍㄠㄏ4）的情形一樣】，作填加、塗加義，如「用糖膏加餅」、「餅有加土豆醬」、「餅加一寡糖膏」。

0197 水雞【水蛙】

「青蛙」有很多稱呼，如四腳仔sì-kha-á（ㄒㄧ3-ㄎㄚ1-ㄚ2）、田雞tshân-ke（ㄘㄢ5-ㄍㄝ1）、水雞tsuí-ke（ㄗㄨㄧ2-ㄍㄝ1）、田蛤仔tshân-kap-á（ㄘㄢ5-ㄍㄚㄅ4-ㄚ2）等。

韓愈答柳柳州食蝦蟆詩：「蝦蟆雖居水，水特變形貌，強號為蛙蛤，於食無所校」，中文大辭典：「蛙蛤，蛙之一種」，稱「蛙」為「田蛤仔」，即緣於此。

侯鯖錄：「水雞，蛙也，水族中厥味可薦者」，太倉州志：「蛙曰田雞，曰水雞」，可見蛙早就被稱做田雞、水雞，至於後人補述：「蛙生於水中，肉美如雞，故名水雞」，應屬穿鑿附會之說。

古時「蛙」即稱tsuí-ke（ㄗㄨㄧ2-ㄍㄝ1），寫法呢？卻假借家禽「雞ke（ㄍㄝ1）」字，適合嗎？雞性畏水，把「水」和「雞」湊合成詞，實大大不妥。

「街」讀ke（ㄍㄝ1），聲根是「圭ke（ㄍㄝ1）」，「蛙」亦以「圭」為聲根，口語可讀ke（ㄍㄝ1），青蛙應作「水蛙」、「田蛙」，而非「水雞」、「田雞」。

0198 冠幗【冠笄】

大概是因為「冠巾」令人想到「男子」，「巾幗」令人想到「女子」，遂有人將古代男女成人之禮kuàn-ke（ㄍㄨㄢ3-ㄍㄝ1），寫做「冠幗」。

釋名釋首飾：「巾，謹也，二十成人，士冠，庶人巾，當自謹修於四教也」，集韻：「男子二十加冠曰冠」，禮記曲禮上：「二十曰弱冠」，皆言男子二十成人行加冠之禮，故以「冠」稱男子成人之禮，古來久矣。

辭海：「幗，姑隈切，音傀kue（ㄍㄨㄝ1）」，可讀ke（ㄍㄝ1），音合，但說文新附：「幗，婦人首飾」，玉篇：「幗，覆髮上也」，可知「幗」為婦女頭上飾物，與女子成不成年無關，以「幗」稱女子成年之禮，不妥。

男女成年之禮宜作「冠笄」，禮記樂記：「婚姻冠笄，所以別男女也」，注：「男二十而冠，女許嫁而笄，成人之禮」，通典：「笄冠有成人之容，婚嫁有成人之事」，中文大辭典：「男子成年加冠，女子成年加笄，笄冠謂成人之年也」。

集韻：「笄，堅奚切，音雞ke（ㄍㄝ1）」。

0199 雞婆【家婆】

世上有一種人很愛管閒事，大大小小，裡裡外外，時時刻刻，都不放過，像管家婆一般，河洛話稱這種人為ke-pô（ㄍせ1-ㄅさ5），最常見的寫法是「雞婆」。

「雞婆」這種寫法顯得很奇怪，給人一種無厘頭的感覺，甚至會讓人產生誤會，因為河洛話稱「公雞」為「雞公」，稱「母雞」為「雞母」，稱「小雞」為「雞仔囝」，那「雞婆」不就成了「雞奶奶」，而「老雞婆」就成了年齡老大的雞奶奶，那雞爺爺要如何稱呼呢？但，話說回來，試問：一個人愛管閒事和母雞又何干？

「雞婆」應該寫做「家婆ke-pô（ㄍせ1-ㄅさ5）」，乃「管家婆」之略稱，作名詞時，即意指「管家婆」，指愛管閒事的人，如「她是一個真真正正的家婆」；作狀詞時，則在形容專愛東管西管，裡管外管，無所不管的行為模式，如「她家婆個性，愛管東管西」。

把「家」字訛作「雞」字，還有：把少年人寫做「少年雞siàu-liân-ke（ㄒㄧㄠ3-ㄌㄧㄢ5-ㄍせ1）」，其實應該是「少年家」。

0200 雞目、繭目【胿目】

我兒時愛釣魚，因常接觸魚，雙手掌指上長了怪東西，針刺、刀割、火燙皆剷除不了它，那怪東西是道道地地的「魚鱗贅」。俗亦有形似魚鱗贅，且出現在手部腳部，為勞動摩擦過度所結成的粒狀硬塊，俗稱「手繭」、「腳繭」，河洛話稱「雞目ke-ba̍k（ㄍせ1-ㄅ'ㄚㄍ8）」，但因它實與「雞」無關，臺灣漢語辭典遂改作「繭目」，義可行，不過廣韻：「繭，古典切」，讀kián（ㄍㄧㄢ2），調不合。

戰國策宋策：「百舍重繭」，注：「重繭，累胝也」，集韻：「胝，一曰繭也」，字彙補：「胵，同胝，亦作胿」，篇海類篇：「胘，同胵」，可見繭、胝、胵、胿、胘五字同義，皆指手腳因勞動過度摩擦所結之硬塊，廣韻：「胿，古攜切，音圭ke（ㄍせ1）」，手繭腳繭應作「胿目」，不但義合，音亦合。

河洛話說得夜盲症者為「雞目」，意指入夜便如雞一般失去視力，留青日札：「人目至晚不見者，曰雞盲」，雖燕子箋駝泄有「背包自有駝峰聳，攙手何愁雞眼疼」的句子，將手腳結的繭說成「雞眼【雞目】」，還是令人覺得怪怪的。

0201 初五隔開【初五粿開】

「初一早，初二早，初三睏及飽，初四接神，初五隔開，初六舀肥，初七七元【初七俗稱七元日，人們吃麵線「抽壽」延年】，初八完全【年節食物已吃完，飲食沒什麼特別了】，初九天公生日，初十食食【「食食」讀tsiàh-sit（ㄐㄧㄚㄏ8-ㄒㄧㄉ8），因前一日拜天公，食品很多，大家都有口福】，十一請囝婿，十二請諸女囝返來食泔糜配芥菜，十三關老爺生，十四月光，十五元宵暝」，只要農曆過年，臺灣以及廣大的漳浦地區，這首民間唸謠「正月調」便傳唱大街小巷，到處喜氣洋洋，一片昇平景象。

歌詞中「初五『隔開keh-khui（ㄍㄝㄏ4-ㄎㄨㄧ1）』」，詞義難以理解，或有說，大年初一到初四才是真正的過年，家人團聚，親朋敘舊，公家機關、私人企業一律放假，直到初五「開工大吉」，恢復上班，形式上年便過了，故說「初五隔開」。

其實「初五隔開」應該寫做「初五粿開」，因為直到初五，便可以將過年時祭祖的糕粿切開來吃，表示過年的莊重和喜樂已到達一個階段，而公司行號、工廠機關也準備「開工大吉」，恢復平常的作息。

0202 頂、激、格【假】

方音差是語言學中極普遍存在的問題，它讓大家知道語言紛綸多面的屬性，更重要的，它讓大家清晰體察語言多面呈現的現實，進而尊重各種方音。

按「假」字讀ké（ㄍㄝ2），如假頭毛、假喙齒……等語詞，歧音不多，但說「假狂假猜【即假裝作瘋癲狀，「狂」口語讀kông（ㄍㄛㄥ5），「猜」讀siáu（ㄒㄧㄠ2）】」一詞時，歧音就多了，這時「假」字分別被讀做ké（ㄍㄝ2）、tè^{n}（ㄉㄝ3鼻音）【或tì^{n}（ㄉㄧ3鼻音）】、kik（ㄍㄧㄍ4），其實這些方音彼此間存在著語音變化的脈絡，問題是這些不同的方音，可能會被認為互不相干，最後各代表不一樣的字，於是便出現將tè^{n}（ㄉㄝ3鼻音）【或tì^{n}（ㄉㄧ3鼻音）】寫做「頂」，將kik（ㄍㄧㄍ4）寫做「激」、「格」，而成為「頂狂頂猜」、「激狂激猜」、「格狂格猜」。

集韻：「假，各額切，音格kik（ㄍㄧㄍ4）」，廣韻：「假，古訝切」，可讀kè「ㄍㄝ3」，方音則轉tè^{n}（ㄉㄝ3鼻音）【再轉tì^{n}（ㄉㄧ3鼻音）】，如果因為方音的關係，一個字被說成多種音，實不必因此而造出許多字來。

縛鬙、縛幗【縛髻】

有河洛話俗諺說：「照父梳頭，照母縛鬙」，意思是說兒子仿照父親的樣子來梳頭，女兒仿照母親的樣子來縛鬙，比喻身教力量深遠，子女往往在仿效父母的過程中成長，「縛鬙」在此讀做pa̍k-kè（ㄅㄚㄍ8-ㄍㄝ3）。

廣韻：「鬙，髮短」，類篇：「鬙，髮亂」，廣韻：「鬙，蘇增切」，讀sing（ㄒㄧㄥ1），就字義言，「鬙」為短髮，勢難以縛綁，就字音言，「鬙」與kè（ㄍㄝ3）相差懸殊，聲與調皆不同，將pa̍k-kè（ㄅㄚㄍ8-ㄍㄝ3）寫做「縛鬙」，不妥。

pa̍k-kè（ㄅㄚㄍ8-ㄍㄝ3）應作「縛髻」，說文新附：「髻，總髮也」，亦即挽髮束之於頂，李楨辯證：「髻古作結」，洪氏補注：「結，束髮也」，束髮即「縛髻」，即今語「綁頭髮」，廣韻：「髻，古詣切，音計kè（ㄍㄝ3）」。

俗有作「縛幗」，玉篇：「幗，覆髮上也」，為婦人首飾，正韻：「幗，古外切」，可讀kè（ㄍㄝ3），不過「縛幗」寫法不如「縛髻」，因「梳頭」和「縛髻」互為對仗，十分工整，且「幗」是覆於髮上，而非縛於髮上，「縛幗」寫法欠佳。

0204 過耳腔【胳下腔、胳腋下】

記得小時候，家人、鄰人、鄉人都把「腋下（胳肢窩）」說成「過耳腔kuè-hī^{n}-khang（ㄍㄨㄝ3-ㄏㄧ7鼻音-ㄎㄤ1）」，離鄉多年，在異鄉聽人稱「腋下」，亦如是說。

耳腔是耳孔，前加一個動詞字「過」，竟指「腋下」，令人難解。

這是長期音轉語變，以訛傳訛的結果，到最後，大家集體說錯話卻不自知【如「親情五族」說成「親情五十」，「蕨苗」說成「過貓」，「鈷鉧鍋」說成「狗母鍋」，「十嘴九口稱」說成「十嘴九尻川」，「餬口食家自」說成「呼狗食家自」，「胡亂說道」說成「烏龍旋桌」】。

腋部位置在胳臂下方，呈卵形凹陷，宜作「胳下腔keh-ē-khang（ㄍㄝㄏ4-ㄝ7-ㄎㄤ1）」【或「胳下空」】，意指胳臂下之凹空，或作「胳腋下」，意指胳腋下面，在此「下」口語音轉kha（ㄎㄚ1），如樹下、樓下、桌下的「下」亦讀此音。

「胳下腔」、「胳腋下」，經過長期的音轉語變，「下ē（ㄝ7）」竟轉成「耳hī^{n}（ㄏㄧ7鼻音）」，變化可謂不小，若吾人不察，把腋下定詞為「過耳腔」，那可就大大對不起古老典雅的河洛話了。

0205 枝骨【肢骨】

說到名模的體態，大家都不免翹起大拇指讚美她們「hó-ki-kut（ㄏㄜ2-ㄍㄧ1-ㄍㄨㄉ4）」，ki-kut（ㄍㄧ1-ㄍㄨㄉ4）就相當於北京話的「體態【骨架】」。

按ki（ㄍㄧ1）大概有三種類近寫法，其一，寫做「枝」，「枝」字屬木部，適合用於植物，如樹枝、一枝柴；其二，寫做「肢」，「肢」字屬肉部，適合用於動物，如肢體、四肢無力；其三，寫做「支」，則用於動物及植物之外的東西，如支柱、一支牌；此三字容易區分，且必須區分。

後蜀孟昶避暑摩河池上作詩：「冰肌玉骨清無汗，水殿風來暗香暖」，詩中「冰肌玉骨」在形容女子潔美的肌膚與體態，「冰玉」用來形容「肌骨」，「肌骨」就讀做ki-kut（ㄍㄧ1-ㄍㄨㄉ4），指肌膚和體態，和單指體態的「肢骨」不盡相同。

整理一下：枝骨，指植物枝幹；肢骨，指動物體態；支骨，指物件骨架；肌骨，指肌膚和體態。

俗說人骨架大為「粗肢骨」，骨架小為「幼肢骨【或細肢骨】」，骨架漂亮為「好肢骨」。

0206 家治、家己【家自】

臺灣語典卷三「家治」條：「自己曰家治；為正音『咱的』之譌。集韻：『咱音查，自也』」，意思是說「自己」本應作「咱的」，讀做tsa-tī（ㄗㄚ1-ㄉㄧ7），但口語音轉ka-tī（ㄍㄚ1-ㄉㄧ7），為了記音，乃假借寫做「家治」二字。

今則多作「家己」，「家」素來可作自稱之詞，如人家、家父、家母、家叔……等，「己」即自己，「家己」雖非成詞，作「自己」義卻甚明。不過廣韻：「己，居理切，音紀kí（ㄍㄧ2）」，集韻：「己，口已切，音起khí（ㄎㄧ2）」，都讀上聲二調，不讀七調，調不合。

ka-tī應寫做「家自」，作「自己」解亦甚明，且為成詞「自家」之倒語，這和「喉嚨」與「嚨喉nâ-âu（ㄋㄚ5-ㄠ5）」，「便利」與「利便lī-piān（ㄌㄧ7-ㄅㄧㄢ7）」道理一樣，為河洛話所常見。

「自」本為「鼻」的象形字，因人往往以指指鼻以自稱，遂得「自己」義，廣韻：「自，疾二切」，讀tsī（ㄐㄧ7），口語音轉tī（ㄉㄧ7）、tsū（ㄗㄨ7）。

0207 敢採、檢採、減採【敢使】

臺灣語典卷二：「敢採，猶或然也。敢是冒昧辭。亦曰檢採；檢敢一聲之轉」，「敢採」讀做kiám-tshái（ㄍㄧㄚㄇ2-ㄘㄞ2），意思相當北京話的萬一、如果、假使、設若、或許、大概，俗亦有作「減採」，以上「敢採」、「檢採」、「減採」皆屬記音寫法，義不足取，尤其「採」字難以解釋。

kiám-tshái（ㄍㄧㄚㄇ2-ㄘㄞ2）含否定或疑問語氣，屬禮貌客套用語，宜作「敢使」，中文大辭典：「敢，用如大約，係推想其或然之詞」，乃禮貌客套用語之所需字，含請、冒昧、大膽地之意涵，左傳僖廿八年：「敢煩大夫謂二三子：戒爾車乘，敬爾君事，詰朝相見」，左傳宣十二年：「敢布心腹，君實圖之」，孟子公孫丑：「敢問夫子惡乎長」；使，如果也，假使也，要是也，為假設相連詞，史記張釋之列傳：「且方其時，上使立誅之則已【在那時，皇上如果立刻殺了他也就罷了】」。

「敢使」一詞，「敢kám（ㄍㄚㄇ2）」音轉kiám（ㄍㄧㄚㄇ2），「使sái（ㄙㄞ2）」音轉tshái（ㄘㄞ2），詞構與「敢是」、「敢不」、「敢有」、「敢無」一樣。

0208 鹹加澀【儉加嗇】

河洛話有「一個錢縛二十四個結（「縛」讀pa̍k（ㄅㄚㄍ8）、phah（ㄆㄚㄏ4））」的說法，意指緊守錢財，吝於花用，好像把錢綁上廿四個結，難以解開花用，即所謂「吝嗇」。

「吝嗇」的河洛話又說為「拮仔kia̍t-á（ㄍㄧㄚㄉ8-ㄚ2）」，譏人花用過於儉省，有如拮据者一般，口語亦有冠「哥」字於後，稱「拮仔哥」，後來衍生出「拮仔嫂」的說法，稱吝嗇之女性，「拮仔哥」稱吝嗇之男性。

吝嗇，河洛話還有一種說法，說「kiâm-ka-siap（ㄍㄧㄚㄇ5-ㄍㄚ1-ㄒㄧㄚㄅ4）」，一般寫做「鹹加澀」，按「鹹」和「澀」乃令人生厭的味道，語詞借「鹹」和「澀」之令人生厭，暗諷吝嗇者給人的感受，說法刁鑽辛辣，別具趣味。

不過或許原始說法根本就無關味道，而是直指吝嗇，指「儉」和「嗇」，儉，減約也，嗇，鄙吝也，說吝嗇者兼具「儉約」與「鄙吝」的特色，故稱「儉加嗇」。

正韻：「儉，詰念切」，讀khiām（ㄎㄧㄚㄇ7），廣韻：「嗇，所力切，音色sik（ㄒㄧㄍ4）」，口語「儉加嗇」卻被說成有諧音效果的「鹹加澀」。

0209 見、健【貫、慣】

河洛話有「見講講過去，坐咧見呵呬【「呵呬」讀做hà-hì（ㄏㄚ3-ㄏㄧ3），即打呵欠】」、「見啉酒見醉」、「見哭無目水」的說法，話語中的「見kiàn（ㄍㄧㄢ3）」，有每次、總是、每每、時常、向來的意思，俗寫做「見」、「健」，乃記音寫法，無法表義，實非好的寫法。

河洛話i（ㄧ）、u（ㄨ）互轉乃極為常見的現象，如「豬」口語讀ti（ㄉㄧ1），亦讀tu（ㄉㄨ1），其他如箸、女、你、斤、旅、呂、陣、震、恩……等，也都有此現象，上述「kiàn（ㄍㄧㄢ3）」其實由「kuàn（ㄍㄨㄢ3）」轉來，也是i（ㄧ）、u（ㄨ）互轉的例子，宜作「貫」、「慣」。

爾雅釋詁：「貫，習也」，六書正譌：「貫，別作慣」，左傳昭二十六：「貫瀆鬼神」，貫，習常也，言「瀆神明」乃習常之事，「貫」在此即可讀kiàn（ㄍㄧㄢ3）。

上述諸句應作「貫講講過去，坐咧貫呵呬」、「貫啉酒貫醉」、「貫哭無目水」【以上「貫」字亦可寫做「慣」，義通，音亦通，都讀做kiàn（ㄍㄧㄢ3）】。

0210 囝【孩兒】

唐詩人顧況哀囝詩：「吾悔生汝，囝別郎罷，心摧血下」，詩中「郎罷」係閩人呼父之稱，「囝kiá^{n}（ㄍㄧㄚ2鼻音）」則為長江、粵江及沿海居民呼兒之稱。

集韻首先收錄「囝」字，作「閩人呼兒」解，可見「囝」字專用於閩地，是典型的方言用字。

「囝」字从口从子，口示圍繞，子在其中，言閩地婦女育兒時，為方便操作，特製上窄下寬之木桶，中間底板可漏尿水，將能立而不能行之幼兒安置其中，具有保護之作用，此「囝」字之由來【後以同一方法造「囡」，指女孩子】。

廣韻釋詁三：「孩，小也」，國語吳語：「近孩童焉」，注：「孩，幼也」，正字通：「兒，初生子也，一曰嬰兒」，「孩兒」成詞也，後漢書公孫述傳：「孩兒老母，口以萬數」，宣和遺事前集上：「卻抱養祿山做孩兒」，「孩兒」急讀即成「囝kiá^{n}（ㄍㄧㄚ2鼻音）」【含「亥」之該、賅、垓，皆讀kai（ㄍㄞ）音，「孩」口語亦應如是，「兒」口語讀á（ㄚ2）】。

從形、音、義分別觀之，「囝」即是「孩兒」，「孩兒」即「囝」。

五竭【五桀】

慳吝者，俗稱「鹹澀」，其實是「儉嗇」之諧音，因「慳吝」實無關酸鹹苦澀，不過俗用「鹹澀」兩種惡味來狀「慳吝」，倒有幾分趣味。

臺灣語典卷二：「五竭，為慳吝之辭。禮運：五行之動迭相竭也。五行為金木水火土；竭，盡也。謂慳吝者於五者之物皆不與人也」。可惜的是，「五竭」並非成詞，且言「慳吝者於五者之物皆不與人」，乃自揣之辭。

「五竭ngó͘-kia̍t（ㄫㄛ2-ㄍㄧㄚㄉ8）」宜作「五桀」【雖說文通訓定聲：「桀，假借為竭」，但「五桀」是成詞，要優於「五竭」】。按管子將土壤分上中下三等，每等以土質優劣依次分為六種：上等分為五粟、五沃、五位、五藨、五壤、五浮；中等分為五忢、五纑、五壏、五剽、五沙、五塥；下等分為五猶、五壯、五殖、五觳、五鳧、五桀。五，代表土，因「土」居五行第五，五桀居下等之末，為最下下之土。

五桀乃鹽碱多而堅硬的下等土壤，不生穀物。五桀之狀，甚鹹以苦，其物為下。故為人「五桀」者，猶五桀之地，難有所出也。

0212 矜高尚【挶高尚、假高尚】

臺灣漢語辭典：「矜高貴【「矜」讀kik（ㄍㄧㄍ4）】，即擺架子。晉書王衍傳：累居顯職，後進之士莫不景慕，放效選舉，登朝皆以為稱首，矜高浮誕，遂成風俗焉」，「矜」即今語「擺出」，河洛話用例仍多，如矜高尚、矜紳士。不過廣韻、集韻、韻會、正韻等韻書注「矜」為平聲、去聲，不讀入聲，調不合。

高階標準臺語字典寫做「挶」，按說文：「挶，戟持也」，段注：「鴟鴞傳曰：拮据，戟挶也，謂有所操作，曲其肘如戟而持之也」，故「挶」原義為「曲肘夾持」，後引申作「造作」義，如挶氣、挶紳士派，廣韻：「挶，居玉切」，讀kiok（ㄍㄧㄛㄍ4）、kik（ㄍㄧㄍ4）。

不管「擺出」，還是「造作」，都是「假裝」出來的，故kik（ㄍㄧㄍ4）應作「假」，集韻：「假，各頟切，音格kik（ㄍㄧㄍ4）」，不管假高尚、假高貴、假紳士，或俗話說的「惡梨仔假蘋果【「惡」讀aù（ㄠ3）】」、「掉翅仔假在室」、「撒潑【俗作「三八」】的假賢慧」，音義皆通，不過「假」俗說kik（ㄍㄧㄍ4），亦說ké（ㄍㄝ2）。

0213 激水池、㧻水池【築水池、構水池】

「㧻」作「曲肘夾持【即㩶㧻】」、「舁土之器【即畚㧻pùn-ki（ㄅㄨㄣ3-ㄍㄧ1），今作畚箕，「㧻」可讀ki（ㄍㄧ1），因「㧻」亦作「拘ki（ㄍㄧ1）」】」義，故高階標準臺語字典引申「㧻」作堆疊義，讀kik（ㄍㄧㄍ4），如㧻竈、㧻土窯。

臺灣漢語辭典：「激水池，築水池也，漢書溝洫志注：『師古曰，激者，巨石於堤旁衝要之處，所以激去其水也』。孟子告子上：『激而行之，可以在山』，按，激而行，阻其流去，即儲之也」，「激」讀kik（ㄍㄧㄍ4），本義「阻絕」，引申作構築義，不過僅限於與水有關者。

以上「㧻」、「激」皆引申而得構築義，典籍未見用例。

kik（ㄍㄧㄍ4）既作「構築」義，則可作「築」、「構」，「築」口語讀tiok（ㄉㄧㄛㄍ4）、kiok（ㄍㄧㄛㄍ4），韻書注「築」讀如竹tik（ㄉㄧㄍ4），俗亦讀kik（ㄍㄧㄍ4）。集韻注「構」讀如桷kak（ㄍㄚㄍ4）」，亦可音轉kik（ㄍㄧㄍ4），如築堤岸、築水溝、築圍牆、築竈台、築土窯【以上「築」亦可作「構」】。

0214 目睭金金【目珠金金】

很多臺語伴唱帶裡，「眼睛」都寫做「目睭bȧk-tsiu（ㄅ'ㄚㄍ8-ㄐㄧㄨ1）」，這已是主流寫法，所謂積非成是，便是如此。

字彙補：「睭，深也」，淮南子兵略訓：「深哉睭睭，遠哉悠悠」，故「睭tiú（ㄉㄧㄨ2）」是狀詞字，意思是「深」，絕不是指眼睛（名詞），但俗多因「睭」字含有「周」之字根，把它當做「目『tsiu（ㄐㄧㄨ1）』」的tsiu（ㄐㄧㄨ1），實為謬誤。

眼睛宜作「目珠bȧk-tsiu（ㄅ'ㄚㄍ8-ㄐㄧㄨ1）」，「珠tsu（ㄗㄨ1）」可轉tsiu（ㄐㄧㄨ1），像「嘴tshuì（ㄘㄨㄧ3）」俗亦讀tshù（ㄘㄨ3）、tshiù（ㄑㄧㄨ3）一樣；作「目睛bȧk-tsiu（ㄅ'ㄚㄍ8-ㄐㄧㄨ1）」似亦可，亦比「目睭」為佳。

至於「目光炯炯」，俗都作「目睭金金」，宜作「目珠金金」或「目睛金金」，以「金金」狀明亮，形容眼睛有神，生動活潑，有其理趣。

俗有作「目珠炯炯」，炯炯，光也，狀明亮，義合，但集韻：「炯，俱永切，音冏kíng（ㄍㄧㄥ2）」，調不合。

0215 重扃【重京、重肩】

說文：「扃，外閉之關也」，亦即外門閂，後亦用為鼎鉉之閂、門扇上之鐶鈕、車上之橫木，因修辭學有「局部」代「全部」之用法，如以「羽」代表「鳥」，以「口」代表「人」，「扃」後來亦作「門戶」義，皇甫松大隱賦：「於是掩蓬扃閉茅屋」，句中「扃」即指門戶。

蘇軾四時詩：「夜香焚罷掩重扃」，漢武帝落葉哀蟬曲：「落葉依於重扃」，張衡周天大象啟：「或重扃而禦侮」，「重扃tāng-king（ㄉㄤ7-ㄍㄧㄥ1）」指大門閂、大扇門，進而指門戶森嚴。

河洛話說「負擔沉重」為tāng-king（ㄉㄤ7-ㄍㄧㄥ1），不作「重扃」，應作「重京」，爾雅釋詁：「京，大也」，「重京」為同義複辭，即重，例如「感覺誠重京」【「重京」乃成詞，語出「淮南子」，作重疊京觀解，「重」讀tiông（ㄉㄧㄛㄥ5），重疊也，不讀tāng（ㄉㄤ7）】。

向來「肩」用來承負重擔，tāng-king（ㄉㄤ7-ㄍㄧㄥ1）亦可作「重肩」，作「肩膀負重」義，例如「感覺誠重肩」、「一份薪水飼一家口，實在重肩」。

0216 敬酒【供酒】

說文：「敬，肅也」，釋名：「敬，警也」，廣韻：「敬，恭也」，詩周頌：「夙夜敬止」，注：「敬，慎也」，綜合上述，「敬」即肅、警、恭、慎。廣韻：「敬，居慶切」，音kìng（ㄍㄧㄥ3），如恭敬、敬請。

說文通訓定聲：「供，假借為恭，……富而能供」，莊子天地：「至無而供其求」，釋文：「供，本作恭」，此時「供」讀如恭kiong（ㄍㄧㄛㄥ1）【廣韻：「供，九容切」】。

禮記曲禮：「恭敬撙節」，疏：「貌多心少為恭，心多貌少為敬」，可見「恭」與「敬」有別，不過世俗向來「恭」與「敬」不分，甚至以為「恭敬」同義。

或因為「供」通「恭」，恭則可以祭，祭必持以恭，使「供」字亦用於祭祀，玉篇：「供，祭也」，此時「供」讀如敬kìng（ㄍㄧㄥ3）【廣韻：「供，居用切」，讀kiòng（ㄍㄧㄛㄥ3）、kìng（ㄍㄧㄥ3）】。

言kìng（ㄍㄧㄥ3）之時，對鬼神天地，「敬」、「供」皆可用，如敬酒、敬茶、供酒、供茶。對人卻只能用「敬」，如敬酒、敬茶，不能用供酒、供茶。

0217 揵灶【勁灶】

舊俗兄弟分家之時，妻子娘家會送十二件炊具以贈女婿，稱為kīng-tsàu（ㄍㄧㄥ7-ㄗㄠ3）。

「灶tsàu（ㄗㄠ3）」係舊時炊食之主要道具，關係民生甚大，早期稱廚房為「灶下tsàu-kha（ㄗㄠ3-ㄎㄚ1）」，即可見一斑。所謂kīng-tsàu（ㄍㄧㄥ7-ㄗㄠ3），即令灶更加穩固，隱含「使令飲食無缺」之義。

有將kīng-tsàu（ㄍㄧㄥ7-ㄗㄠ3）寫做「揵灶」，史記河渠書：「頹竹林兮揵石菑」，集解：「揵，柱也」，後漢書張衡傳：「左青琱以揵之」，注：「揵，堅也」，中文大辭典：「樹竹塞水決之口，填以草土等謂之揵」，「揵」作支撐解，集韻：「揵，九件切」，音kiān（ㄍㄧㄢ7），音轉kīng（ㄍㄧㄥ7）。

亦可作「勁灶」，戰國策秦策：「不如與尉以勁之」，注：「勁，強也」，即加強、補強，作動詞，「勁」讀kīng（ㄍㄧㄥ7）【「勁」俗多作狀詞，讀kìng（ㄍㄧㄥ3），如強勁、勁旅】。

有作「鞏灶」，鞏，固也，義合，但「鞏」讀二調【造詞如鞏紅毛土、鞏石膏】，調不合。

0218 電火歸仔【電火球仔】

河洛話說「吹牛」為「歕雞歸pûn-ke-kui（ㄅㄨㄣ5-ㄍㄝ1-ㄍㄨㄧ1）」，或有作「歕雞規」，不管「歸」，還是「規」，皆屬記音寫法，實為無理，因為「雞歸」、「雞規」，實不知其所指為何物，早期人拿來吹脹取樂的，其實是雞的砂囊，亦即「雞胿」；或是雞的頰囊，即「雞胅」，「胿」和「胅」都可讀kui（ㄍㄨㄧ1），「歕雞胿」【或歕雞胅】演變下來即是現今的「吹氣球」。

「電燈泡」俗說成「電火胿仔【或「電火胅仔」】」，疑是受「雞胿仔【或「雞胅仔」】」說法的影響，因為「雞胿仔」吹膨脹後成圓球狀，電燈泡亦成圓球狀，故寫成「電火胿仔」，但「胿」、「胅」屬肉部字，與「電火【燈泡】」結合成詞，顯得不倫不類，俗有作「電火歸仔」，亦不妥。

其實「電火胿仔」係「電火球仔」音變而來，「球」音kiû（ㄍㄧㄨ5），置前與「胿kui（ㄍㄨㄧ1）」置前一樣，都變七調，而且聲音相近。

電火球仔的「球」讀kiû（ㄍㄧㄨ5）是正音，俗讀kui（ㄍㄨㄧ1）是訛音。

0219 摃【扛】

北京話「擡轎」，河洛話說成kng-kiō（ㄍㄥ1-ㄍㄧㄜ7），一般皆作「扛轎」，但亦有作「摃轎」。

廣韻：「摃，居郎切」，讀kong（ㄍㄛㄥ1），集韻：「摃，或作抗、扛」，南史齊紀下廢帝東昏侯：「疾患困篤者，悉摃移之，無人摃者，扶匐道側，吏司又加捶打」。顏師古匡謬正俗剛扛：「或問曰，吳楚之俗，謂相對舉物為剛，有舊語否？答曰：扛，舉也……彼俗音訛，故謂扛為剛耳，既不知其義，乃有造摃字者」，沈德符野獲編：「（黃白仲）一日拜客歸，槖中窘甚，輿夫索雇錢，則曰：汝日摃黃先生，其肩背且千古矣，尚敢索錢耶」。

有論者以為，kng（ㄍㄥ1）應屬陽部「摃」，不屬東部「扛」。殊不知文字與字音是一直衍生的，後來摃、扛相通，kng（ㄍㄥ1）寫「摃」或「扛」皆可。

集韻：「扛，居郎切」，與「摃」同，但「郎」白話亦讀nng（ㄋㄥ）音，則「扛」可讀kng（ㄍㄥ1），何況含「工」聲根之「缸」口語亦讀kng（ㄍㄥ1）。

0220 高麗菜【捲內菜、包內菜】

跟「高麗【古韓國】」有關的物事中，典籍有記載的如高麗伎、高麗盆、高麗鷹、高麗貢、高麗硯、高麗墨、高麗笠、高麗窯、高麗女、高麗樣、高麗曲、高麗紙、高麗璽、高麗參、高麗舞、高麗坊邸，奇怪，就是沒有眾所皆知的「高麗菜」。

高麗菜屬十字花科，原產地是地中海沿岸、南歐及小亞細亞，據傳唐代傳入中國，日治時期，日人將此菜引入臺灣，並稱此菜有高麗參之食效，吾人遂稱「高麗菜」，此說可信性極低，應屬附會之說，不過吾人因此知道：此菜與「高麗」無關。

河洛話稱此菜為「高麗菜ko-lê-tshài（ㄍㄜ1-ㄌㄝ5-ㄘㄞ3）」或「玻璃菜po-lê-tshài（ㄅㄜ1-ㄌㄝ5-ㄘㄞ3）」，若觀諸此菜菜葉層層捲裹包覆的樣子，作「捲內菜【亦稱「捲心菜」，廣韻注「捲」音kuân（ㄍㄨㄢ5），音轉kô（ㄍㄜ5）】」、「包內菜【「包pau（ㄅㄠ1）」音轉po（ㄅㄜ1）】」倒極適合，不但合情合理，而且聲音相仿，可謂音義皆合。

有說此菜原名「ko-le」，係屬古日耳曼語，唐人保留此外來物名，且沿襲至今，河洛話作「捲內菜」、「包內菜」，生動貼切，誠善妙也。

0221 交纏【糾纏】

臺灣語典卷四：「交纏，猶縈纏也。俗謂病人恍惚，以有鬼物交纏，須用符法禳之」，「交纏」在此讀ko-tîⁿ（ㄍㄜ1-ㄉㄧ鼻音5），作交相纏繞的意思，亦即糾纏，不過倒不一定與鬼物有關，連氏之說明文字有可議處，舉凡一般人與事之糾纏應皆屬之，如「他來歷不明，你不當合他交纏」。

ko-tîⁿ（ㄍㄜ1-ㄉㄧ鼻音5）亦可作「糾纏」，雖廣韻、集韻皆注「糾」為上聲（二調），然俗口語音亦讀「糾」為平聲（一調），本草秦艽：「釋名，時珍曰，出秦中，以根作羅紋交糾者佳，故名秦艽、秦糾」，可見「秦艽」即「秦糾」，「糾」可讀如「艽kau（ㄍㄠ1）【集韻：「艽，居肴切，音交」】」。

向來韻部au（ㄠ）、o（ㄜ）、ơ（ㄛ）有通轉現象，如高、都、溝、後、號、豪……等，「交」、「糾」由kau（ㄍㄠ1）音轉ko（ㄍㄜ1）屬正常現象。

鶡冠子世兵：「禍與福如糾纏」，文選顏延之陶徵士誄：「糾纏斡流，冥漠報施」，糾纏，纏繞不釋也，牽曳難分也，是個成詞，寫法比非成詞的「交纏」為佳。

0222 格摑【格戈、逆戈、格篙、逆篙】

臺灣語典卷四：「格摑，猶故違；謂事之可否故示反對也。格，阻格也。摑，呼戈；為抵觸之意。按蘇軾守歲詩：晨雞且勿唱，更鼓畏添摑，明年豈無年，心事恐蹉跎」，其實「摑」不作抵觸解，集韻：「摑，擊也」，「格摑kėh-ko（ㄍㄝㄏ8-ㄍㄜ1）」乃阻格且攻擊之義，相當於逆擊，為動詞，如「他格摑我提的法案」。

河洛話說kėh-ko（ㄍㄝㄏ8-ㄍㄜ1），有時只指阻格作梗，而不是指攻擊之類的強烈作為，寫做「格摑」則不適當，應寫做較緩和的「格戈」，意謂以戈阻格使不能進前，或使無法行事，相當於逆阻，可作名詞，如「我合他之間存在一寡格戈」，亦可作動詞，如「他格戈我提的法案」。

廈門音新字典注「逆」亦讀kėh（ㄍㄝㄏ8），逆，違逆也，則上述「格戈」亦可作「逆戈」，逆戈，倒戈相抗也，亦形成逆阻之勢。

若將「戈」改作「篙」，似乎更緩和，「戈」是不折不扣的武器，「篙」則不是，作「格篙」、「逆篙」，逆阻之勢要比「格戈」、「逆戈」來得輕微。

毋句【不過、不果】

「不過」一詞北京話和河洛話都用。

史記陸賈列傳：「足下位為上相……然有憂念，不過患諸呂少主耳」，左氏隱元：「大都不過參國之一」，此處「不過」讀put-kò（ㄅㄨㄉ4-ㄍㄜ3），即今白話「只不過是」，意思是不超出。

淮南子說山訓：「曾子立孝，不過勝母之閭；墨子非樂，不入朝歌之邑」，此處「不過」讀m̄-kuè（ㄇ7-ㄍㄨㄝ3），即今白話「不經過」，意思是不會經過。

「不過」亦作語意或語氣轉折詞，如「他真有錢，不過真儉嗇」，此處「不過」讀m̄-kó（ㄇ7-ㄍㄜ2）或m̄-kú（ㄇ7-ㄍㄨ2）【或讀「過」成開口入聲八調，即ko̍h（ㄍㄜㄏ8）或ku̍h（ㄍㄨㄏ8）】，故有人亦寫做「毋句」，屬記音寫法，不足取。

m̄-kó（ㄇ7-ㄍㄜ2）或可作「不果」，指沒有成為事實，以是故引伸為不如預期，形成語意或語氣的轉折，如朱琦北堂侍膳圖記：「余以宦遊京師，太宜人遠道不果來」，前述「他真有錢」，然不如預期的出手大方，故轉折為「不果，真儉嗇」。

0224 擱船【划船】

看見有人將「划船」的河洛話寫做「擱船kò-tsûn（ㄍㄜ3-ㄗㄨㄣ5）」時，總不禁令人皺眉頭，因為「擱」作放置義，如擱筆、擱置；作中途停止義，如擱淺。「擱船」乃將船擱置不前或船遭擱淺不動，與「划船【滑動櫓槳使船前進】」剛好相反，這與將「發病phuah-pē^{n}（ㄆㄨㄚㄏ4-ㄅㄝ7鼻音）」寫做「破病」情形一樣，聲音雖一樣，意思卻相反【「發病」是疾病發作，「破病」則是破除疾病】，乃極嚴重的錯誤。

按廣韻：「划，戶花切，音華huâ（ㄏㄨㄚ5）」，河洛話的「豁拳huah-kûn（ㄏㄨㄚㄏ4-ㄍㄨㄣ5）」，北京話寫做「划拳」，便源於此；廣韻亦注「划」古臥切，讀kò͘（ㄍㄛ3）、kò（ㄍㄜ3），其實從「划」字左半為「戈」來看，「划」是形聲字，以「戈ko（ㄍㄜ1）」為聲根，讀做kò（ㄍㄜ3），一點也不奇怪。

「划」从戈从刂，乃以「戈」狀物【即棹槳】撥水使船前進，樣子像持「刀」切物一般，故河洛話說的kò-tsûn（ㄍㄜ3-ㄗㄨㄣ5），其實就寫做「划船」，和北京話寫法一樣，故意避開北話而作「擱船」，反而大錯特錯，貽笑大方之家。

軟膏膏【軟和和】

「膏」从肉高聲，廣韻：「膏，古勞切，音高ko（ㄍㄜ1）」，一般作名詞，如齒膏、藥膏、豆油膏、麥芽膏⋯⋯。

「藥膏」河洛話亦說成「膏藥」，不過口語有將「膏ko（ㄍㄜ1）」說成ko·（ㄍㄛ1），所以有將塗抹藥膏寫做「膏藥」，雖「膏」可作動詞，但「膏藥」作名詞又作動詞，讀法一樣，實為不妥，塗抹藥膏應作「糊藥」，「糊kô·（ㄍㄛ5）」置前與ko·（ㄍㄛ1）置前皆讀七調，「膏藥」與「糊藥」音同義異，必須辨明。

「膏」可作動詞，作塗解，韓愈送李愿歸盤谷序：「膏吾車兮」，此處「膏」不讀ko（ㄍㄜ1），而讀kō（ㄍㄜ7），如牛泡身於泥漿之中曰「膏浴」，如到處揩油曰「麻粆膏」，如注油於車軸以為潤滑曰「膏車」。

俗稱柔軟為「軟膏膏【「膏」不讀五調，但此處「膏」卻讀kô（ㄍㄜ5）】」，應作「軟和和」，老殘遊記續集遺稿：「⋯⋯比那轎車上駕騾子的皮條稍為軟和些」，葉聖陶倪煥之：「他卻軟和和地，軟和和地，像看見了親弟弟」，「和hô（ㄏㄜ5）」音轉kô（ㄍㄜ5）。

0226 搖笱【搖籃】

河洛話稱嬰兒睡的搖籃為iô-kô（ㄧㄜ5-ㄍㄜ5），俗有作「搖笱」。

說文：「笱，曲竹捕魚笱也」，說文通訓定聲：「承于石梁之孔，魚入不得出」，廣韻：「笱，魚笱，取魚竹器」，笱與筐籠相似，口闊頸狹，腹大而長，無底，入則順，出則逆，故魚入其中而不能出，河洛話稱「笱仔」，此物今仍可見，與嬰兒睡的搖籃天差地別，不可相混【按廣韻：「笱，古厚切，音苟kó͘（ㄍㆦ2）」，說文：「笱，从竹句，句亦聲」，口語讀如句kơ（ㄍㆦ1）、ko（ㄍㄜ1），「笱仔」口語說成ko-á（ㄍㄜ1-ㄚ2）】。

「搖笱」應作「搖籃」，字彙：「籃，竹器，以息小兒」，籃亦作籃，清錢大昕恆言錄卷五：「籃，音謳，集韻：『竹器，吳人以息小兒』，今俗語云籃籃也」，可見「籃」原為讓嬰兒睡覺用的竹編籃狀物，後來懸於橫樑，可左右搖擺增加助眠效果，故加「搖」字於前，稱「搖籃」，或「搖籃」。

時代變遷，今搖籃形式雖有改變【甚至有設計成直上直下起伏的】，但河洛話「搖籃」的說法，至今仍十分普遍。

0227 閣【復、更、卻、再、冓】

河洛話說「再」為koh（ㄍㄜㄏ4），教育部推薦「閣」字，除表音外，實不可取。

臺中海台會建議用「復」，復，再也，集韻：「復，方六切」，讀hok（ㄏㄛㄍ4），音近koh（ㄍㄜㄏ4），可用，如一日復一日、一年復一年。

臺灣漢語辭典作「更」，義可取，然「更」讀king（ㄍㄧㄥ）一或三調，不讀入聲koh（ㄍㄜㄏ4），義合，但調不合。

李商隱夜雨寄北詩：「何當共翦西窗燭，卻話巴山夜雨時」，卻，再也，音kioh（ㄍㄧㄜㄏ4），可轉koh（ㄍㄜㄏ4）。

或可直接寫「再」，說文句讀：「小篆再，从一，冓省，……乃二者重疊之義」。可見「再」字音從「冓kờ（ㄍㄛ3）」來，讀成koh（ㄍㄜㄏ4）是說得通的。

或亦可作「冓」，小篆「冓」象眾木相對交之形，上下交疊，同形而異向，可作「結構」、「溝通」、「再」等義。

koh（ㄍㄜㄏ4）寫做「復」、「更」、「卻」、「再」、「冓」，都比「閣」字合宜。

0228 一國肚【一鼓肚、一匊肚】

以器挹水或小粒狀物，河洛話說舀iú^{n}（ㄧㄨ2鼻音），如舀水；或說扗khat（ㄎㄚㄉ4），如扗水。不假借器物，以雙手捧取物則稱捧phóng（ㄆㄛㄥ2），如捧水；或曰掬kok（ㄍㄛㄍ4），如掬水；或曰捊hô（ㄏㄛ5），如捊米。

「掬」字从扌匊聲，與匊通，讀如匊，廣韻：「匊，居六切，音菊kiok（ㄍㄧㄛㄍ4）」，俗音轉kok（ㄍㄛㄍ4），「匊」亦作量名，正字通：「匊，大于升，禮書曰：匊二升，二匊為豆，四升」，玉篇：「匊，古文作臼」，可見「匊」也是容器，且用於取物，如取水之「水匊【俗讀tsuí-khok（ㄗㄨㄧ2-ㄎㄛㄍ4）】」，取米之「米匊【俗讀bí-khok（ㄅ'ㄧ2-ㄎㄛㄍ4）】」。「掬」从扌匊會意，可視為手持「匊」以取物，與「扗」相近，加上同以「匊」為聲根的「麴」俗讀khak（ㄎㄚㄍ4），「掬」口語音亦可讀如扗khat（ㄎㄚㄉ4），故水掬、米掬、掬水的「掬」都可讀做khat（ㄎㄚㄉ4）。

俗說進食過多而致腹脹如鼓，曰「一國肚tsit-kok-tō͘（ㄐㄧㄉ8-ㄍㄛㄍ4-ㄉㄛ7）」，詞中「國」字無理，應作「鼓」、「匊」，一以鼓狀腹形，一以量器匊作量詞。

0229 一國肚尖微微【一匊肚尖危危】

河洛話說「一國肚尖微微tsi̍t-kok-tō-tsiam-bui-bui（ㄐㄧㄉ8-ㄍㄛㄍ4-ㄉㄛ7-ㄐㄧㄚㄇ1-ㄅ'ㄨㄧ1-ㄅ'ㄨㄧ1）」，在形容腹肚高高尖起的樣子，如飲食過量、懷孕末期的肚子或啤酒肚現象等。

有說河洛話將包含五臟六腑的肚子視如一個國家，故稱「一國肚」，說法相當奇怪，其實應作「一匊肚」或「一鼓肚」【見0228篇】。

河洛話稱「尖」，有「末端」義，如筆尖、刀尖；有「細微」義，如尖微微、一尖錢；有「鼓起」義，如尖起來、尖鼻、尖山。以「尖微微」形容腹肚鼓脹並不妥當，應作「尖危危」，莊子盜拓：「去其危冠」，釋文：「危，高也」，正字通：「危，高也」，俗所謂危石、危岑、危空、危岫、危亭、危城、危砌、危峭、危峰……，危，皆高也，廣韻：「危，魚為切」，讀huî（ㄏㄨㄧ5），如腹肚危危；白話亦讀一調，如腹肚尖危危【按「危險」同「𡾟險」，「危」同「𡾟hui（ㄏㄨㄧ1）」，音轉bui（ㄅ'ㄨㄧ1）】。

肚子高高尖起應該是「一匊肚尖危危【高高尖起】」，不是「一國肚尖微微【又尖又細】」。

0230 拔罐【烙風、烙封】

「拔罐」曾經是熱門的民間療法，有人稱為pu̍eh-kuàn（ㄅㄨㆤㄏ8-ㄍㄨㄢ3），乃直翻北京話「拔罐」的結果，不能算是道地的河洛話。

「拔罐」其實由來已久，記得小時候，只要我脹氣腹痛，大人往我脊椎兩旁拿痧無效之後，便開始為我拔罐，那時不叫「拔罐」，叫做「烙風kok-hong（ㄍㄛㄍ4-ㄏㄛㄥ1）」。

人平躺後，大人用紙或布捏成錐狀，一如火種，上部尖細處浸漬火油，點燃後，小心置於肚臍處，旋即以米匑或碗之類的平口器皿覆之，火快速將米匑或碗內的氧氣燒盡，火熄滅，米匑或碗立即緊緊吸住肚皮，腹中脹氣遂自肚臍處緩緩透出，如是約過二三十分鐘，米匑或碗內終於又恢復充氣狀態，米匑或碗的吸附動作終於鬆弛下來，掉了，肚子不痛了。

按「烙」字作燒解，借燒以除腹中脹氣（風），故曰「烙風」；或亦可說，將肚臍燒而封之，以吸腹中脹氣，作「烙封」應亦可行。

0231 半宏仔【半閣仔、半宮仔、半間仔】

讀做hong（ㄏㄛㄥ）的字很多都具有「大」義，如「訇」、「轟」、「哄」、「鬨」為大聲，「洪」、「泓」為大水，「紅」為大色，「鴻」為大鳥，「烘」為大火，「魟」為大魚，「宏」、「黌」為大屋。

在房屋上半部所特別搭出來的低矮空間，用以貯物或住人，河洛話稱為「宏kông（ㄍㄛㄥ5）」，如半宏仔、樓宏仔，用法雖把宀部字「宏」當屋室用，合乎造字原理，但「宏」字具備「大」義，與此低矮空間實無法對應。

此低矮空間kông（ㄍㄛㄥ5）【或kong（ㄍㄛㄥ1）】應作「閣」，禮記內則：「大夫七十而有閣」，注：「閣，以板為之，庋食物也」，史記高祖紀：「傍鑿山巖，而施版梁為閣」，「閣kok（ㄍㄛㄍ4）」置前讀八調，拉長即成kong（ㄍㄛㄥ1）。

或可作「宮kong（ㄍㄛㄥ1）」，「宮」象屋中上下隔間。

或可作「間」，如馬公的「公king（ㄍㄧㄥ1）」亦讀kong（ㄍㄛㄥ1）一樣。

作「半閣【或宮、間】仔」、「樓閣【或宮、間】仔」，要比「半宏仔」、「樓宏仔」為佳。

0232 水𣁦、瓠匜【水匊、瓠桸】

早期臺灣民間較常見的舀水器以「水𣁦仔tsuí-kóng-á（ㄗㄨㄧ2-ㄍㄛㄥ2-ㄚ2）」、「匜hia（ㄏㄧㄚ1）」為最常見。

說文：「𣁦，玉爵也」，集韻：「𣁦，舉下切，音賈」，讀ká（ㄍㄚ2），音義皆與舀水勺有別，其實「水𣁦仔」宜作「水匊仔」，「匊」為舀物器，本音kiok（ㄍㄧㄛㄍ4），轉kńg（ㄍㄥ2），如米匊、一匊米；轉khok（ㄎㄛㄍ4），如一匊米；轉khat（ㄎㄚㄉ4），如米匊、一匊米；轉kóng（ㄍㄛㄥ2），如水匊仔、一匊米。

「匜」从匚也聲，可讀hia（ㄏㄧㄚ1），說文：「匜，似羹魁，柄中有道，可以注水酒」，段注：「可使勺中水酒自柄中流出，注於盥槃及飲器也」，與民間舀水勺其實並不相同，故將舀水器hia（ㄏㄧㄚ1）寫做「匜」，並不妥當。

hia（ㄏㄧㄚ1）宜作「桸」，類篇：「桸，勺也」，漢語大詞典：「桸杓，舀水的勺子」，「桸」音hi（ㄏㄧ1），音轉hia（ㄏㄧㄚ1），如瓠瓜殼製成的「瓠桸pû-hia（ㄅㄨ5-ㄏㄧㄚ1）」、鱟魚殼製成的「鱟桸hāu-hia（ㄏㄠ7-ㄏㄧㄚ1）」。

蟳螯【蟳管】

「管」字讀音很多，可讀kuán（ㄍㄨㄢ2），如管理、管家、管先生、管東管西；可讀kńg（ㄍㄥ2），如毛管孔、火管、鱝管、蔥管、嚨喉管、肺管、氣管；有讀kóng（ㄍㄛㄥ2），如鼻管、長嘴管、竹管、水管、筆管、管路、鐵管、銅管、塑膠管、稻草管、明管、暗管、長管鞋、靴管、煙筒管。

中文大辭典：「凡圓柱形而中空者，皆曰管」，前述讀kńg（ㄍㄥ2）、kóng（ㄍㄛㄥ2）即是。

俗稱蟹類之大螯曰tsîm-kóng（ㄐㄧㄇ5-ㄍㄛㄥ2），有作「蟳螯」，荀子勸學：「蟹六跪而二螯」，注：「螯，蟹首上如鉞者」，但廣韻注螯「五勞切」，讀gô（ㄍ'ㄜ5），與kóng（ㄍㄛㄥ2）聲調不同，可謂義合音不合。按蟹螯呈柱形而中空，可以「管」名，曰「蟳管」，乃「蟳螯管」之略稱【蟹類大螯外之六肢蟹腳則稱「蟳腳管」】。

內裝藥粉之膠囊俗稱gô-kóng（ㄍ'ㄜ5-ㄍㄛㄥ2），有以為係外來音譯詞，其實可寫做「鵝管」【「鵝毛管」之略稱】，早期人以為膠囊形似鵝毛管，故名。

0234 崑崑、絳絳、黋黋、洚洚【廣廣、曠曠、竟竟】

形容事物之盛大狀態，河洛話以疊詞「kòng-kòng（ㄍㄛㄥ3-ㄍㄛㄥ3）」加以形容，如芳香之盛大者曰「芳崑崑」或「崑崑芳」，紅色之盛大者曰「紅絳絳」或「絳絳紅」，黃色之盛大者曰「黃黋黋」或「黋黋黃」，流動之盛大者曰「洚洚流」。

「崑崑」、「絳絳」、「黋黋」、「洚洚」皆讀kòng-kòng（ㄍㄛㄥ3-ㄍㄛㄥ3），照理來說，最早kòng-kòng（ㄍㄛㄥ3-ㄍㄛㄥ3）應只有一種寫法，後來應用在各種不同事物上，遂有各種不同寫法，則最早的寫法應可作「廣廣」、「曠曠」。

廣，大也，多也，集韻：「廣，古曠切，音逛kòng（ㄍㄛㄥ3）」；曠，與廣通，亦大也，文選枚乘七發：「浩瀇瀁兮，慌曠曠兮」，曠曠，大也。

kòng-kòng（ㄍㄛㄥ3-ㄍㄛㄥ3）亦可作「竟竟」，後漢書馬融傳：「究竟山谷」，莊子齊物論：「振於无竟」，竟，極也，香之極即「芳竟竟」，紅之極即「紅竟竟」，黃之極即「黃竟竟」，流動之極即「竟竟流」。「竟」音kìng（ㄍㄧㄥ3），可轉kòng（ㄍㄛㄥ3）。

0235 姑情【求情、求成】

古時婦稱夫之母曰姑，稱夫之妹曰小姑，在日常生活中，不管姑之對孫，或小姑之對姪，用情真切，故幼童撒野犯錯，姑或小姑總出面勸說，乃至懇求，便說「姑情」。河洛話說「求情」為ko͘-tsiâⁿ（ㄍㄛ1-ㄐㄧㄚ5鼻音），有因此作「姑情」。

其實ko͘-tsiâⁿ（ㄍㄛ1-ㄐㄧㄚ5鼻音）有兩種狀況，一是情理上有虧失，求人體諒，宜作「求情」，集韻：「求，恭于切，音拘」，集韻：「拘，居侯切，音鉤」，讀ko͘（ㄍㄛ1），廈門音新字典亦注「拘」音ko͘（ㄍㄛ1），可見「求情」除一般讀的kiû-tsîng（ㄍㄧㄨ5-ㄐㄧㄥ5），亦讀做ko͘-tsiâⁿ（ㄍㄛ1-ㄐㄧㄚ5鼻音），如「他去給老師求情，請老師原諒他所犯的錯誤」。

另一種狀況是情理上並無虧欠，但卻求人成全，則宜作「求成」，如「你荷我求成一下，將溪仔邊的地賣我」。

「情」、「成」都可讀tsiâⁿ（ㄐㄧㄚ5鼻音），如「情實」、「心情」、「親情」、「不成人」、「成千成萬」。

0236 姑不二終【姑不如衷】

河洛話ko͘-put-jī-tsiong（ㄍㄛ1-ㄅㄨㄉ4-ㄐ'ㄧ7-ㄐㄧㄛㄥ1），一般寫法除put（ㄅㄨㄉ4）作「不」較一致外，其餘三字寫法莫衷一是，如ko͘（ㄍㄛ1）作「孤」、「果」、「姑」，jī（ㄐ'ㄧ7）作「二」、「離」，tsiong（ㄐㄧㄛㄥ1）作「眾」、「終」、「衷」。

若依上述諸字加以組合就千奇百怪了，如：孤不離眾、果不離眾、姑不離眾、果不離衷、姑不離衷、果不二終、姑不二終、姑不二衷……，但，都不妥。

原詞換作北京話口語，即「……沒辦法，只好……」，例如「生理一直了錢，『姑不二終』，只好關店」，語詞含有「不能如自己心意【即違背己意】而勉強為之」義，則ko͘（ㄍㄛ1）宜作「姑」，作姑且義，tsiong（ㄐㄧㄛㄥ1）宜作「衷」，作心意解，jī（ㄐ'ㄧ7）宜作「如」，作順隨義，整個詞成為「姑不如衷」，作姑且不能照心意【違背己意】義，亦即「……沒辦法，只好……」，與口語音義皆合，若此，前述句子宜作「生理一直了錢，姑不如衷，只好關店」。

0237 婟嫪【孤老】

女子因自戀而孤僻拒人，甚至吝嗇善妒，河洛話稱kơ-láu（ㄍㄛ1-ㄌㄠ2），俗多作「孤老」，大有暗示此種女子將孤獨到老的意味。

按「孤老」有三義，一為孤獨無依之老人，一為女子所私之人，如嫖客、姘夫或做外宅所事的男子，一為商販之稱主顧，其後兩者總而言之，係指所尊重或戀惜者，儒林外史第五十三回：「那些妓女們相與的孤老多了，卻也要幾個名士往來」，水滸傳第廿一回：「眾人道：你的孤老是誰？唐牛兒道：便是縣裡宋押司」。

說文通訓定聲：「婟嫪戀惜不能去也，按今謂女子所私之人曰孤老，其遺語也」，可見「婟嫪」即「孤老」之語源，說文：「婟，嫪也，戀也」，正字通：「凡嗜好不能割棄者曰婟」，故「婟嫪」為同義複詞，作戀惜義，戀於己，戀於人，戀於物，戀於事，皆屬之，女子戀惜人事物而不能棄，甚且吝嗇善妒，孤僻拒人，便稱為「婟嫪」，惟廣韻：「婟，胡誤切，音護hō͘（ㄏㄛ7）」，廣韻：「嫪，郎到切，音澇lō（ㄌㄜ7）」，音雖可通調卻異，故kơ-láu（ㄍㄛ1-ㄌㄠ2）宜作「孤老」。

0238 鼓井【古井】

井，河洛話單說「井」，亦說「古井kó͘-tsé^{n}（ㄍㄛ2-ㄗㄝ2鼻音）」，因「古井」字面上意指古老的井，而河洛話說kó͘-tsé^{n}（ㄍㄛ2-ㄗㄝ2鼻音）單指井，無關古老不古老，故有以為不妥，改作「鼓井」，言井形如鼓，但此說亦勉強，按「鼓」作樂器名、容量名、衡量名、震動、更鼓、擊解，「鼓井」則成為鼓狀的井，或擊井，與河洛話單指井，亦不盡相同，亦欠妥。

孟郊列女操：「貞婦貴殉夫，舍生亦如此，波瀾誓不起，妾心古井水」，蘇軾臨江仙詞：「無波真古井，有節是秋筠」，楊維楨漫興詩之三：「生來不識古井怨，唱得後主後庭花」，宋史五行志：「民家古井，風雨夜出黑氣」，以上「古井」就詞義上說，可指古老的井，亦可單指井，詞中「古」字作古老義不甚明顯，與古畫、古玩、古物、古道、古城、古都的「古」字有極大差異。

但，古春，指春天；古篆，指篆書；古文，文體名；古香緞，絲織物名；以上「古」字作古老義亦不明，這和北京話老鼠、老虎、老鷹都不一定「老」，有些類似。

0239 茶古、茶鈷、茶鼓、茶鹽【茶壺】

「茶壺」乃日常生活用品，古今中外皆有，明史稿早有紀錄：「恭妃遣內使持金茶壺遺其私家」，西湖佳話西泠韻迹：「一個攜著茶壺，一個捧著果盒」，儒林外史第廿一回：「只見外邊卜老爹已是料理了些鏡子、燈臺、茶壺……做一擔挑了來」，茶壺即盛茶水之壺。

「壺」是象形字，指有蓋、有耳、口小、腹大的一種容器，方言稱ㄏㄨˊ、ㄈㄨˊ、ㄨˊ的音，唯獨河洛話稱kó͘（ㄍㆦ2）。

河洛話將「壺」字讀做ô͘（ㆦ5），如「尿壺」、「痰壺」，不讀kó͘（ㄍㆦ2），因此「茶壺」便被寫成「茶古」、「茶鈷」、「茶鼓」、「茶鹽」。歷史悠久的日常用品「茶壺」竟寫得如此不平常，實在奇怪。

按「壺」屬平聲虞韻，與胡、湖、瑚、辜、姑、枯、沽、酤、鴣、蛄、糊、醐、餬等聲近韻同【見增廣詩韻集成上平聲七虞】，巧的是以上諸字都以「古」為聲根，可見「壺」古音便讀做「古kó͘（ㄍㆦ2）」，所謂tê-kó͘（ㄉㆤ5-ㄍㆦ2）應寫做「茶壺」。

0240 古椎、婐媠【婐婑、婐諉、婉婑、婉諉】

「可愛」一詞，河洛話說kó-tsui（ㄍㄜ2-ㄗㄨㄧ1），俗作「古椎」，就字面上來說，意思是「古代的木椎」，實難體會它和「可愛」有何必然關係。

kó-tsui（ㄍㄜ2-ㄗㄨㄧ1）亦有作「婐媠」，集韻：「婐，或作婑」，集韻：「婑，說文，婉也，……或作諉」，集韻：「婉，或作媠」，集韻：「媠，或作嫷」，綜觀之，婐、婑、婉、諉、媠、嫷六字同義可互通，皆作「美好」義，而婉婐（柔弱多姿貌，與旖旎同）、婐婉【柔弱多姿貌，與婀娜同】、婐媠【宛孌隈倚貌，與婑媠同】、婑媠【宛孌隈倚貌，美好貌，嫷美也】皆為成詞，皆可作「可愛」義。

就聲音觀之，婐，从女果聲，可讀kó（ㄍㄜ2）；婑，儒隹切，音甤juî（ㄗ'ㄨㄧ5），白讀sui（ㄙㄨㄧ1）；諉，宣隹切，讀雖sui（ㄙㄨㄧ1）；婉，五果切，讀gó（ㄍ'ㄜ2）；媠【同嫷】，吐火切，讀妥thó（ㄊㄜ2）；則同義複詞kó-tsui（ㄍㄜ2-ㄗㄨㄧ1）作「婐婑」、「婐諉」為佳，作「婉婑」、「婉諉」亦可，甚至作「媠婑」、「媠諉」、「嫷婑」、「嫷諉」亦可行。

0241 矮鼓【矮股、矮個】

河洛話將矮個子的人稱為「矮鼓é-kó͘（ㄝ2-ㄍㄛ2）」，但「矮鼓」二字大概含有二義，一是短矮的鼓，屬名詞，一是短矮如鼓，屬狀詞。

「矮鼓」指矮個子，當屬狀詞，應作短矮如鼓解，像「潑猴【撒潑如猴】」、「肥豬【肥胖如豬】」、「瘦猴【瘦削如猴】」、「戇牛【戇愚如牛】」、「無膽龜【膽小如龜】」，冠於詞前的狀詞皆用來形容後面的名詞，可是「鼓」實與「矮」無必然關係，又大又高的鼓比比皆是，以「鼓」字狀「矮」，實屬勉強。

「矮鼓」宜作「矮股」，太玄經玄數：「九體，三為股肱」，注：「膝上為股」，亦即大腿，淮南子地形訓：「有脩股民」，注：「股，腳也」，俗說矮者腿短腳短，寫做「矮股」最為妥切，集韻：「股，果五切，音古kó͘（ㄍㄛ2）」。

亦可作「矮個」，即矮個子，雖廣韻：「個，古賀切」，讀kò（ㄍㄜ3），不讀二調，調似不合，不過「個」字含「古kó͘（ㄍㄛ2）」之聲根，口語讀kó͘（ㄍㄛ2）當屬合理，矮者作「矮個」音義皆合，且通俗平易。

0242 顧人怨【教人怨】

有一些人生來令人生厭，河洛話說這種人極為kò͘-lâng-uàn（ㄍㄛ3-ㄌㄤ5-ㄨㄢ3），一般多寫做「顧人怨」。

集韻：「顧，古慕切，音故kò͘（ㄍㄛ3）」，作「看」解，則「顧人怨」有兩種解法，一是「顧，人怨」，意思是「看了，令人討厭」；一是「顧人，怨」，意思是「看到人，起怨心」，似乎都通。

亦有作「故人怨」，意思變成「為故人所怨」，與口語語意完全不合，義不足取。

亦有作「固人怨」，「固」可作本來、必定、時常解，「固人怨」即成「本來【或必定、時常】就令人討厭」，與口語語意稍有差異。

其實應作「教人怨」，作「教人討厭」義，因au（ㄠ）、ơ（ㄛ）有通轉現象，如詬、溝、鉤、勾、枸、垢、夠、後、后、候、猴、厚、吼……就可兼讀au（ㄠ）、ơ（ㄛ）韻，故「教kàu（ㄍㄠ3）」亦可讀kò͘（ㄍㄛ3）。

再說「教」亦讀kà（ㄍㄚ3），亦可音轉kò͘（ㄍㄛ3）。

0243 水龜、水䗁【水機】

河洛話「ku-kuài（ㄍㄨ1-ㄍㄨㄞ3）！無翁卻會大腹肚【「卻」讀koh（ㄍㄜㄏ4）】」，意在表示對女子未婚卻懷身孕的驚奇，「ku-kuài（ㄍㄨ1-ㄍㄨㄞ3）」若作「龜怪【龜之成精者】」，恐難服眾，而宜作「奇怪」，因為方言差現象，i（一）、u（ㄨ）互轉，「奇kî（ㄍ一5）」被讀成kû（ㄍㄨ5）的關係。

河洛話裡頭i（一）、u（ㄨ）互轉現象極普遍，如箸、豬、藷、鋸……等，有些地方讀成收i（一）韻，有些地方讀成收u（ㄨ）韻，「奇」就是這類型的字。

河洛話說tsuí-ku（ㄗㄨ一2-ㄍㄨ1），用字也得注意，作「水龜」，指水中之烏龜；作「水䗁」，則指一種形狀似龜的水蟲，亦即䗁蠪。

臺灣近年來水患頻傳，災區居民往往自備抽水馬達以應危急，「抽水馬達」俗稱tsuí-ku（ㄗㄨ一2-ㄍㄨ1），俗多作「水龜」，甚為不妥，應作「水機【「抽水機」之略稱】」，也是韻部i（一）、u（ㄨ）互轉造成的，「機ki（ㄍ一1）」被讀成ku（ㄍㄨ1）【有時還讀做ke（ㄍㄝ1），如機器】，而被訛作「水龜」。

0244 烏龜【汙閨】

男人戴綠帽【即妻子不貞，與其他男子發生淫情】時，河洛話往往譏稱該男子為「烏龜o͘-ku（ㄛ1-ㄍㄨ1）」，有論者即順理成章解釋說，「烏」是黑色，表示顏面無光，「龜」是溫吞膽怯的動物，表示縮頭縮尾而羞於見人，男子之妻外淫，身為丈夫的因此顏面無光，羞於見人，成為一隻縮頭烏龜，說的倒有幾分道理。

其實早期人稱男人戴綠帽，不說「o͘-ku（ㄛ1-ㄍㄨ1）」，而說「o͘-kui（ㄛ1-ㄍㄨㄧ1）」，ku（ㄍㄨ1）與kui（ㄍㄨㄧ1）音極相近，遂與「烏龜」諧音，積非成是的結果，「烏龜」遂成約定成俗的說法。

「烏龜」宜作「汙閨」，汙，沾汙也，閨，閨房也，集韻：「閨，涓畦切，音邽kui（ㄍㄨㄧ1）」，「汙閨」謂女子外淫，致使沾汙閨房，乃含蓄且真切的說法，較「烏龜」之說為佳【俗或作「汙朘」，朘，頷下藏食物之囊也，以「汙朘」稱男人戴綠帽，義不可行】。

因訛讀而成訛寫的例子極多，如「胳腋下」、「胳下腔」訛作「過耳空」，「浴間」訛作「隘間」，「胡亂說道」訛作「烏龍旋桌」……，「汙閨」訛作「烏龜」亦是。

0245 龜龜鼈鼈【乖乖僻僻】

龜和鼈給人的感覺是溫吞，不是弔詭、奇怪、特異，但河洛話說一個人個性與眾不同且怪異不乾脆，卻說成「龜龜鼈鼈ku-ku-pih-pih（ㄍㄨ1-ㄍㄨ1-ㄅㄧㄏ4-ㄅㄧㄏ4）」，這很奇怪。

若依照「ku-ku-pih-pih（ㄍㄨ1-ㄍㄨ1-ㄅㄧㄏ4-ㄅㄧㄏ4）」的讀音，可以有很多種寫法，如「各各別別」、「格格別別」、「乖乖別別」、「乖乖背背」、「乖乖悖悖」、「乖乖僻僻」、「孤孤僻僻」。

其中「各各別別」和「格格別別」義近，屬中性語詞，意指與眾不同，無關好壞，不過俗多說成kok-pih（ㄍㄛㄍ4-ㄅㄧㄏ4）。

「乖乖別別」、「乖乖背背」和「乖乖悖悖」義近，屬消極貶義語詞，意指乖張背逆，卻無關與眾之同或不同。

「乖乖僻僻」和「孤孤僻僻」義近，屬輕微的消極貶義語詞，意指與眾不同的乖張偏執，應該才是「龜龜鼈鼈」原始的寫法。

0246 金龜【金蠡】

寺廟每逢節慶，有時會準備米龜、罐頭龜等供信眾擲筊乞求，俗稱「乞龜」。

將米堆成龜的形狀即稱米龜，將罐頭堆成龜的形狀即稱罐頭龜，當然還有其他稱呼的龜，其中最為貴重的，當屬用黃金打造成烏龜形狀的「金龜」。

在昆蟲類鞘翅類中，有喚「金龜子」者，河洛話稱為「金龜kim-ku（ㄍㄧㄇ1-ㄍㄨ1）」，這昆蟲界的「金龜」和寺廟裡的「金龜」寫法一樣，實在不適當。

集韻：「蠡，蟲名，求於切」，讀ku（ㄍㄨ1），說文：「蠡，或作蝶」，方言十一：「蛘蝱，秦晉之間謂之蝶蠪」，注：「似天牛而小，有甲角，出糞土中」，此即蜣蜋，啖糞蟲也，河洛話說牛屎蠡gû-sái-ku（ㄍ'ㄨ5-ㄙㄞ2-ㄍㄨ1）。

另有一種ku（ㄍㄨ1），寫做「蛄」，爾雅釋蟲：「蛄蟹，強蛘」，注：「今米穀中蠹，小黑蟲是也」，即俗稱的「蛀蛄」；孟子滕文公上：「蠅蚋蛄嘬之」，指的即是菜類與果樹植物常出現的蚊類害蟲「蛄蠅ku-sîn（ㄍㄨ1-ㄒㄧㄣ5）」。

可見昆蟲類的「蠡」、「蛄」和爬蟲類的「龜」是不可混為一談的。

龜毛【菇磨、吹毛】

一個人個性不乾脆、囉唆、愛找麻煩、吹毛求疵，河洛話說ku-mo͘（ㄍㄨ1-ㄇㄛ1），俗多作「龜毛」，例如「他做人龜毛，無好相處」。

但，龜有毛嗎？就算有，「龜毛」和囉唆個性有何關係？為河洛話定字，如果只是為河洛話記錄聲音，而無法彰顯意義，做法就值得商榷。

北京話和河洛話有不少互為倒語的例子，如北京話的「熱鬧」和河洛話的「鬧熱」，北京話的「便利」和河洛話的「利便」，北京話的「介紹」和河洛話的「紹介」……。

其實ku-mo͘（ㄍㄨ1-ㄇㄛ1）也是這種例子，北京話是「磨菇」，河洛話說成倒語「菇磨ku-mo͘（ㄍㄨ1-ㄇㄛ1）」，有拖延不俐落、糾纏不乾脆、囉唆找麻煩等諸多意涵。

作「吹毛」似亦可，張說嶽箴：「吏苟吹毛，人安措足」，吹毛乃「吹毛求疵」之略語，「吹」从口欠，口亦聲，可讀khau（ㄎㄠ1）【見0293篇】，如吹風曝日、風吹面、荷風吹澌去，在此khau（ㄎㄠ1）轉khu（ㄎㄨ1），再轉ku（ㄍㄨ1）。

0248 墓龜【墓丘】

河洛話說到ku（ㄍㄨ1），俗一般多寫做「龜」，例如「奇怪」寫成「龜怪」，「牛屎蝠」寫成「牛屎龜」，「水機」寫成「水龜」……，訛寫不一而足。

一樣，墳墓墳起如丘狀的部分，河洛話稱bōng-ku（ㄅ˙ㄛㄥ7-ㄍㄨ1），俗多作「墓龜」，就字面看，恐怕會被誤以為是「生長或活動於墓場的烏龜」【這和「生長或活動於墓場的蟋蟀」被稱為「墓蟀」情形一樣】，「墓龜」與「墳墓墳起如丘狀的部分」意思完全不同，吾人便知「墓龜」又是訛寫，與前述龜怪、牛屎龜、水龜……如出一轍。

「墓龜」宜作「墓丘」，說文：「丘，土之高也」，史記吳王濞傳：「燒殘民家，掘其丘冢」，潘越揚荊州誄：「退守丘塋，杜門不出」，宋史韓綜傳：「民依丘塚者數百家」，司馬遷報任少卿書：「亦何面目復上父母之丘墓乎」，史記司馬相如傳：「涉乎蓬蒿，馳乎丘墳」，以上「丘」與「冢」、「塋」、「塚」、「墓」、「墳」等結合成詞，指的就是「墳墓墳起如丘狀的部分」，廣韻：「丘，去鳩切」，讀khiu（ㄎㄧㄨ1），白讀khu（ㄎㄨ1）、ku（ㄍㄨ1）。

0249

龜精【鼩鼱】

古人造字皆有所本，有其理趣，如含「青」字者皆含美義，水之美者稱「清」，草之美者稱「菁」，目之美者稱「睛」，心之美者稱「情」，人之美者稱「倩」……。

至於「精」，米之美者也，後引伸作擅長、妖魅等義，讀做tsing（ㄐㄧㄥ1）、tsi[n]（ㄐㄧ1鼻音）、tsia[n]（ㄐㄧㄚ1鼻音）等音，河洛話言長袖善舞、擅於鑽營者為ku-tsia[n]（ㄍㄨ1-ㄐㄧㄚ1鼻音），因言人刁鑽如妖魅，便讓人想到「精」字，最後，ku-tsia[n]（ㄍㄨ1-ㄐㄧㄚ1鼻音）被寫做「龜精」。

從字面上看，「龜精」應指龜之久練成精者，一如蛇精、魚怪之屬，民間傳說及神怪小說早有記載，但似乎並無「龜精」擅於鑽營之說。

倒有動物名「鼩鼱ku-tsia[n]（ㄍㄨ1-ㄐㄧㄚ1鼻音）」極擅鑽營，此物屬哺乳類食蟲類，長三四寸，毛色灰褐，形極似鼠，故从鼠部成字成詞，其口吻尖細，能自由伸縮掘地，鑽進鑽出捕食土中昆蟲、蚯蚓，鑽營之術令人咋舌。

名詞「鼩鼱」做狀詞時，用以狀擅於鑽營，寫成「龜精」便錯了。

0250 瓜葛【膠葛】

中文大辭典：「葛，植物名，多年生蔓草，莖長二三丈，纏繞他物上……」，以是故，「葛」字具有牽纏、纏束義。

河洛話說kua-kat（ㄍㄨㄚ1-ㄍㄚㄉ4），一般作「瓜葛」，因「瓜」與「葛」皆蔓生植物，故以喻親戚輾轉相繫屬者，或泛指牽連，蔡邕獨斷卷下：「四姓小侯，諸侯家婦，凡與先帝先后有瓜葛者皆會」，晉書王悅傳：「導共悅弈棋，導笑曰：相與有瓜葛，那得為爾邪」，魏明帝種瓜篇：「與君新為昏，瓜葛相結連」，李漁玉搔頭：「只是這枝簪子既在奴家頭上頂戴多時，也就有些瓜葛了」。

另kua-kat（ㄍㄨㄚ1-ㄍㄚㄉ4）亦作「膠葛」【「膠ka（ㄍㄚ1）在此音轉kua（ㄍㄨㄚ1）」】，因膠可黏附，葛能纏繞，故「膠葛」作糾纏紛亂解，楚辭遠遊：「騎膠葛以雜亂兮，斑漫衍而方行」，史記司馬相如列傳：「紛湛湛其差錯兮，雜遝膠葛以方馳」，又揚雄傳上：「齊總總撙撙，其相膠葛兮，猋駭雲訊，奮以方攘」。

「瓜葛」與「膠葛」音同義異，必須辨明。

釀語言01　PD0008

河洛話一千零一頁（卷一A~K）

——一分鐘悅讀河洛話

作　　者	林仙龍
責任編輯	林千惠
圖文排版	賴英珍、陳宛鈴
封面設計	王嵩賀

出版策劃	釀出版
製作發行	秀威資訊科技股份有限公司 114 台北市內湖區瑞光路76巷65號1樓 電話：+886-2-2796-3638　傳真：+886-2-2796-1377 服務信箱：service@showwe.com.tw http://www.showwe.com.tw
郵政劃撥	19563868　戶名：秀威資訊科技股份有限公司
展售門市	國家書店【松江門市】 104 台北市中山區松江路209號1樓 電話：+886-2-2518-0207　傳真：+886-2-2518-0778
網路訂購	秀威網路書店：http://www.bodbooks.com.tw 國家網路書店：http://www.govbooks.com.tw
法律顧問	毛國樑　律師
總 經 銷	聯合發行股份有限公司 231新北市新店區寶橋路235巷6弄6號4F 電話：+886-2-2917-8022　傳真：+886-2-2915-6275

出版日期	2011年7月　BOD一版
定　　價	350元

國家圖書館出版品預行編目

河洛話一千零一頁. 卷一A~K, 一分鐘悅讀河洛話 / 林仙龍作,
-- 一版. -- 臺北市：醸出版, 2011.07
面； 公分. --（學習新知類；PD0008）
BOD版
ISBN 978-986-6095-17-7（平裝）

1.閩南語 2.詞彙

802.52322 100006810

讀者回函卡

感謝您購買本書，為提升服務品質，請填妥以下資料，將讀者回函卡直接寄回或傳真本公司，收到您的寶貴意見後，我們會收藏記錄及檢討，謝謝！

如您需要了解本公司最新出版書目、購書優惠或企劃活動，歡迎您上網查詢或下載相關資料：http:// www.showwe.com.tw

您購買的書名：______________________________

出生日期：________年________月________日

學歷：□高中（含）以下　□大專　□研究所（含）以上

職業：□製造業　□金融業　□資訊業　□軍警　□傳播業　□自由業

□服務業　□公務員　□教職　□學生　□家管　□其它_____

購書地點：□網路書店　□實體書店　□書展　□郵購　□贈閱　□其他

您從何得知本書的消息？

□網路書店　□實體書店　□網路搜尋　□電子報　□書訊　□雜誌

□傳播媒體　□親友推薦　□網站推薦　□部落格　□其他__________

您對本書的評價：（請填代號　1.非常滿意　2.滿意　3.尚可　4.再改進）

封面設計____　版面編排____　內容____　文／譯筆____　價格____

讀完書後您覺得：

□很有收穫　□有收穫　□收穫不多　□沒收穫

對我們的建議：______________________________

____

____

____

請貼
郵票

11466
台北市內湖區瑞光路 76 巷 65 號 1 樓
秀威資訊科技股份有限公司 收
BOD 數位出版事業部

....

（請沿線對折寄回，謝謝！）

姓　　名：____________　年齡：________　性別：□女　□男

郵遞區號：□□□□□

地　　址：______________________________

聯絡電話：(日) ______________ (夜) ______________

E-mail：______________________________